# Signé Charlotte

mame

Direction : Guillaume Arnaud
Direction éditoriale : Sophie Cluzel
Direction artistique : Armelle Riva
Direction de fabrication : Thierry Dubus

Édition : Anne-Sophie Pigeau
Fabrication : Marie Guibert
Mise en pages : Text'oh !
Illustration de couverture : Léa Fabre


www.mameeditions.com
ISBN : 978-2-7289-3001-2
MDS : 535130N1

Sophie de Mullenheim

Les sœurs
# Espérance

# Signé Charlotte

mame

*À Thibault et nos enfants*

*À Anne-France, pour son hospitalité*

# I

*Lyon, novembre 1886*

– Jamais !

Émilie claque la porte du salon avec rage et se précipite dans l'escalier. Il faut faire vite. Courir se réfugier dans sa chambre. Surtout ne pas montrer les larmes qui lui montent aux yeux. Émilie est fière. On ne doit pas savoir qu'elle pleure encore, à seize ans.

Pourtant, personne ne lui en voudrait de pleurer. Sa mère, surtout, aimerait la voir s'abandonner enfin. Voilà bientôt deux mois que son père est mort, et Émilie n'a pas versé une seule larme. Du moins, jamais en public.

La mort de monsieur Décochet a été un choc pour tout le monde à Lyon. Lui, un homme si vif, si plein de vie… Un matin, il ne s'est pas réveillé. Foudroyé dans son sommeil par on ne sait quel mal.

Depuis, la mère d'Émilie essaie de s'en sortir de son mieux. Les affaires de son mari ne sont pas aussi florissantes qu'il le prétendait. Ses placements ne se révèlent pas aussi profitables qu'il l'avait rêvé. L'argent se fait rare. La semaine dernière, madame Décochet a dû congédier le jardinier qui travaillait pour eux. Si cela continue, elle devra se séparer de la cuisinière, de la domestique et d'Eugénie, qui veille sur Émilie depuis son plus jeune âge.

Aujourd'hui, la jeune veuve a finalement pris une décision, déchirante mais raisonnable : déménager.

– Jamais ! avait hurlé Émilie, à qui elle venait d'apprendre la nouvelle. Jamais je ne quitterai la maison de papa !

– Moi non plus je ne veux pas partir, ma chérie. Mais nous ne pouvons pas rester ici. La maison est trop grande, trop coûteuse. J'ai trouvé quelque chose de plus petit qui sera amplement suffisant pour nous deux.

– Jamais !

Et Émilie était sortie en claquant la porte...

# II

À peine trois jours plus tard, Émilie arpente les pièces de sa nouvelle maison.

– Regarde ! s'exclame sa mère. Nous avons même un bout de jardin. Tu pourras y jardiner comme tu le faisais avec ton père.

Madame Décochet a beau y mettre tout son enthousiasme, sa fille ne quitte pas son air renfrogné. Elle n'a pas dit un seul mot. Elle n'a pas même daigné lui adresser le moindre regard. Sa mère sait parfaitement ce que doit ressentir Émilie : elle éprouve la même chose. Devoir quitter leur ancienne maison est un crève-cœur pour elle. Elle y laisse tant de souvenirs heureux. Elle a l'impression de perdre son mari une seconde fois en quelques semaines.

– Viens voir ta chambre au moins, dit-elle sur un ton qu'elle veut enjoué.

– Je vais y aller toute seule, lâche enfin Émilie avec défi. La maison est si petite que je la trouverai sans difficulté.

Madame Décochet regarde tristement sa fille lui tourner le dos et monter à l'étage. Si seulement elle acceptait de lui parler...

Sur le palier, Émilie hésite un instant. Elle n'aurait jamais imaginé qu'il puisse y avoir autant de pièces à l'étage.

– Deuxième porte à gauche, lance sa mère depuis le rez-de-chaussée.

Émilie ne peut s'empêcher de sourire en entendant sa mère lui souffler la bonne direction.

« Courageuse petite maman », pense-t-elle, presque malgré elle.

Émilie s'avance et pousse la porte.

La chambre n'est pas grande mais, à son corps défendant, la jeune fille s'y sent tout de suite bien. Les tentures bleu ciel qui tapissent les murs lui plaisent instantanément.

Un large lit occupe un coin de la pièce éclairée, par deux hautes fenêtres donnant sur le jardin. Émilie contemple un instant le carré d'herbe que lui vantait sa mère à l'instant. Aurait-elle un jour le cœur à replanter des fleurs comme elle aimait tant le faire avec son père ? Émilie s'écarte vivement de la fenêtre. Comme chaque fois qu'elle pense à son père, elle sent l'émotion la submerger, et il n'est pas question qu'elle se laisse aller. Son père n'aimerait pas la voir pleurnicher comme une fillette.

Seule enfant du couple Décochet, Émilie était la fille chérie de son père. Il l'avait élevée pour qu'elle ne manque de rien. Souvent, il lui rapportait des manufactures de la ville de splendides tissus soyeux pour lui faire faire des robes somptueuses.

– Ma fille mérite ce qu'il y a de plus beau, aimait-il à répéter en admirant la chevelure noire d'Émilie et ses yeux bruns et profonds.

Néanmoins, s'il aimait la voir jolie et bien habillée, monsieur Décochet ne supportait pas les minauderies et les jérémiades.

– Ce n'est pas en pleurnichant que l'on grandit, lui répétait-il souvent.

Dissimulée dans les boiseries, près de la cheminée, une porte s'ouvre sur un minuscule cabinet de toilette. Une baignoire en cuivre occupe la moitié de la petite pièce. Émilie remercie intérieurement sa mère d'en avoir fait installer une. Elle se souvient encore de ce jour de 1874 où son père, triomphal, avait fait porter une baignoire en cuivre dans leur ancienne maison.

– Qu'est-ce que c'est ? avait alors demandé Émilie, âgée d'à peine quatre ans.

– Une baignoire !

– Une baignoire ?

– Oui, ma petite fille chérie, une baignoire ! avait répété son père avec fierté.

À cet instant, on avait sonné à la porte.

– Monsieur Décochet ? s'était enquis l'un des deux hommes sur le palier.

– Lui-même.

– Service des bains à domicile, s'était présenté l'inconnu.

– Je vous attendais, avait alors répondu le père d'Émilie avec un large sourire. Je vous en prie, avait-il ajouté en leur faisant signe de le suivre.

Les deux hommes étaient entrés dans la maison, chargés chacun de deux seaux d'eau chaude. Monsieur Décochet les avait conduits jusqu'à la salle de bains où trônait la nouvelle baignoire.

– C'est ici ! avait-il lancé fièrement.

Alors, les deux hommes avaient vidé leurs seaux dans la baignoire et étaient aussitôt repartis les remplir à la citerne postée en bas, dans la rue. C'était la première fois de sa vie qu'Émilie voyait cela. Jusqu'à maintenant, c'était Eugénie qui se chargeait de faire chauffer les quelques litres d'eau qui suffisaient à remplir le baquet de bois pour l'heure du bain.

Quand la baignoire avait été pleine, la fillette s'était glissée dedans sous les yeux énamourés de ses parents. Quelle joie avait-elle alors éprouvée à barboter dans l'eau chaude ! Ce jour-là, Émilie était entrée dans l'ère de la baignoire !

Autour du lit, une guirlande de minuscules fleurs bleues est peinte sur la boiserie. Le trait est si délicat qu'Émilie ne peut s'empêcher de la caresser du bout des doigts, glissant le long des petites boules qui forment les pétales. Lorsqu'elle effleure soudain une perle de peinture bleue un peu plus grosse, elle s'amuse à l'écraser pour la ramener à la même taille que les autres. Tout à coup, la petite boule bleue s'enfonce dans le bois, actionnant un mécanisme invisible. Un léger déclic se fait entendre : une trappe s'ouvre dans le mur. Le cœur d'Émilie se met à battre plus fort. Elle plonge la main et palpe l'intérieur de la profonde cavité. Vide ! À moins que là, tout au fond, à l'extrême pointe de ses doigts... Oui ! on dirait qu'il y a quelque chose.

Émilie a du mal à contenir son excitation. Elle étire son bras et ses doigts le plus possible pour tenter d'attraper le mystérieux objet. En vain.

« Et si c'était de l'argent ? rêve-t-elle. Une liasse de billets qui libérerait maman de ses soucis et nous permettrait de rentrer chez nous. Ou bien des bijoux ? Des titres au porteur ? »

Émilie cherche des yeux autour d'elle ce qui pourrait lui servir. Son regard s'arrête alors sur la pince à tisons suspendue à côté de la cheminée.

« Voilà qui fera l'affaire », se dit-elle en l'empoignant.

Émilie glisse la longue pince dans la trappe et ramène lentement à elle le « trésor » si soigneusement dissimulé au fond de sa cachette.

La jeune fille est déçue. Il n'y a là ni argent ni bijoux, pas même un seul titre au porteur. Ce n'est qu'un simple paquet de lettres retenues par un ruban de velours bleu.

L'Espérance, le 14 octobre 1792

Ma chère Élisabeth,

Je quitte ce soir notre beau château de l'Espérance. Je le laisse aux mains de Madeleine et de Louis. Les pauvres, ils sont déjà si vieux ! Auront-ils l'énergie nécessaire pour continuer d'entretenir le domaine ? Dans quel état retrouverons-nous notre demeure à notre retour ? Car nous reviendrons, promettez-le-moi ! Je ne peux me faire à l'idée que je pars peut-être pour toujours...
Vous verriez votre sœur, vous ne la reconnaîtriez même pas. Je suis devenue « Charlotte N'Importe Qui » ! Si vous avez toujours avec vous la miniature qui me représente, vous pouvez lui enlever quelques bons centimètres de cheveux blonds ! Madeleine me les a coupés tout à l'heure. Je le lui avais demandé. Vous imaginez combien ce fut un crève-cœur pour elle ! Elle aimait tant nous peigner pour faire briller nos cheveux... Je me souviens de ces séances interminables où je trépignais d'impatience en espérant que maman l'appelle pour une autre tâche. Mes cheveux sont coupés désormais. Madeleine ne me coiffera plus. Je n'avais pas le choix.
Je dois vous avouer que j'ai trouvé difficile de voir toutes mes boucles ainsi sacrifiées. Pour un peu, j'en aurais presque pleuré.

N'est-ce pas invraisemblable ? Moi qui ne pleurais même pas lorsque je tombais de cheval, je larmoie quand je me fais couper les cheveux ! Rassurez-vous, votre sœur s'est vite ressaisie. Tout compte fait, je suis plutôt satisfaite du résultat. Cette nouvelle coiffure me donne des airs de garçon manqué qui ne sont pas pour me déplaire. Bien entendu, maman aurait trouvé que cet accoutrement n'est pas digne d'une jeune fille de notre rang. Mais Charlotte d'Espérance n'est plus. Je m'appelle Charlotte, Charlotte... N'Importe Qui !

Et vous, où êtes-vous en ce moment ? Je vous écris sans même savoir où adresser ma lettre. Peut-être l'enverrai-je à nos cousins Andrieux qui sont déjà en Angleterre. Prenez soin de vous et ne revenez que lorsque tout cela sera fini. Je ne voudrais pas qu'il vous arrive du mal.

Parfois, je me demande si je n'aurais pas mieux fait de partir avec vous, en Angleterre. J'aurais pu continuer à veiller sur vous. Pardonnez-moi de vous avoir laissée fuir toute seule. Mais, malgré le chagrin que me cause notre séparation, je suis persuadée, au fond de moi, que je devais rester. Ma place est ici et il y a tant à faire. Mais je vous entretiendrai plus tard de mes projets. Il est déjà tard et je dois partir.

Que le Seigneur vous garde, chère Élisabeth. Soyez prudente !

Charlotte

# III

Émilie jette un coup d'œil sur la date de la lettre : « 14 octobre 1792 ». Elle a été écrite il y a presque cent ans, en pleine tourmente révolutionnaire. Émilie a entendu raconter beaucoup de choses sur la Révolution depuis qu'elle est petite. On lui a dit les avancées que cela avait permises mais également tous les abus que le combat avait engendrés. Elle connaît la Déclaration des droits de l'homme et du citoyen, l'abolition de l'esclavage, le droit de vote, l'institution de la république. Elle sait aussi à quel prix cela a été obtenu : le bain de sang et les mises à mort systématiques de ceux qui ne partageaient pas l'opinion des dirigeants. Émilie réprime un frisson. L'idée de plonger avec ces lettres dans cette époque l'excite et lui fait peur tout à la fois. Que va-t-elle y découvrir ? Des secrets ? Des horreurs ?

L'écriture de la lettre est fine et déliée, très élégante. Le papier est de qualité. Tout laisse à penser que celle qui a écrit cette lettre, et celle à qui elle était adressée, appartenait à une famille de haut rang. Le nom aussi : Charlotte d'Espérance.

« Elle doit être jolie ! songe Émilie. Grande et élancée puisqu'elle se dit "garçon manqué". Blonde, c'est certain, elle l'écrit. Les cheveux longs. »

Émilie relit la lettre.

« Non ! Les cheveux courts », corrige-t-elle en ouvrant fébrilement la deuxième missive.

La Rochelle, le 12 novembre 1792

Ma chère Élisabeth,

Voilà presque un mois que je ne vous ai pas écrit. Pardonnez-moi. J'ai été si occupée que je ne sais par où commencer. Dans ma dernière lettre, je vous annonçais que j'étais devenue Charlotte N'Importe Qui. En réalité, je m'appelle désormais Charlotte Martin, citoyenne révolutionnaire ! Je sais, ma bonne Élisabeth, que lire ces quelques mots vous glacera le sang. Hélas, je n'avais pas d'autre solution que devenir l'une des leurs. Mais il faut que je vous explique un peu mieux tout cela.
Vous souvenez-vous de notre bon abbé Bonnet, qui venait célébrer la messe à la chapelle du château, du temps où maman était malade ? Je l'ai revu il y a deux mois de cela, alors que vous n'étiez pas encore partie, et si je ne vous en ai rien dit, c'était pour ne pas vous peiner ni vous inquiéter. Le pauvre homme se cachait dans une ferme des environs, où j'étais allée visiter un enfant souffrant. Comme tant d'autres prêtres, il a refusé de prêter serment à la Constitution civile du clergé. Il ne voulait pas de l'État pour chef. Il a souhaité rester fidèle à l'Église mais, pour cela, il risque sa vie. Aujourd'hui, il est contraint de se cacher pour échapper à la prison, au bagne ou à la mort.

Lorsque je l'ai vu ainsi, si vulnérable, mon sang n'a fait qu'un tour ! Vous me connaissez, je ne supporte pas l'injustice. Comment un homme si bon et qui a donné sa vie à Dieu et aux autres peut-il en être réduit à vivre dans l'angoisse d'être découvert ? Pour lui, qui avait été si présent pour nos parents, et pour tous les autres prêtres comme lui, je me devais de faire quelque chose ! Voilà pourquoi, chère Élisabeth, je suis devenue Charlotte Martin. Depuis un mois maintenant, je fais mon possible pour me rapprocher des révolutionnaires afin de jouer les espionnes dans leurs rangs. C'est dangereux, je le sais ! Mais j'ai toujours eu un faible pour le risque. Et si ce que je fais peut permettre de sauver la vie de quelques-uns de ces hommes, cela ne sera pas perdu.
Il y a deux semaines, j'ai trouvé un travail auprès du Comité de sûreté générale, qui fonctionne en lien étroit avec le Tribunal révolutionnaire de Paris. Ses membres sont chargés de traquer tous les ennemis de la liberté qui, d'après eux, menacent notre pays.
Je suis avec Françoise, une jeune fille de mon âge, et j'aide à préparer de solides repas pour tous ces hommes du Comité. Eh oui, ma chère sœur, vous avez bien lu, je cuisine ! Et dire que je n'avais jamais mis les pieds à l'office où Alphonsine s'occupait des repas... Il m'a fallu apprendre et je commence à m'en sortir un peu mieux qu'à mes débuts. Mais mes exploits culinaires n'ont rien de bien passionnant. La part la plus importante de mon travail, et la plus digne d'intérêt pour moi, consiste à apporter à ces messieurs du Comité leur repas. Alors, dès que je pénètre dans l'un de leurs bureaux ou dans une salle de réunion, j'ouvre en grand mes oreilles. Pour le moment, je n'ai pas encore appris grand-chose. Je ne

désespère pas. Je suis sûre que ces hommes vont finir par parler devant moi sans plus se méfier. Tout est une question de patience, mais la patience, vous savez bien que... je n'en ai pas ! Je demande chaque jour à notre Seigneur de m'en donner un peu pour parvenir à mes fins.

Et vous, Élisabeth, que devenez-vous ? Que faites-vous ? J'aimerais tant recevoir de vos nouvelles... Peut-être m'avez-vous déjà écrit, au château de l'Espérance comme nous en étions convenues, mais je n'y suis pas retournée depuis mon départ. C'est trop dangereux. Je crains la réaction de Madeleine lorsqu'elle me découvrira ainsi affublée. Je ne peux pas risquer de me faire prendre alors que je ne fais que commencer. Je me dois de rester très prudente au nom de tous les prêtres dont je pourrais modifier le sort. Je prendrai toutes les précautions nécessaires pour vous également, car nous nous sommes promis de nous revoir. Et pour moi... Le sort réservé aux ennemis de la république est terrible. Je frémis à la simple évocation de l'horrible machine mise au point par le docteur Guillotin. Les journaux d'ici rapportent avec délectation la facilité avec laquelle elle tranche la tête des condamnés. C'est épouvantable !

Finalement, je me suis décidée à vous écrire chez les Andrieux. C'est là sans doute que vous vous rendrez de façon la plus certaine. Alors, vous trouverez mes lettres.

Soyez heureuse, Élisabeth !

Charlotte

# IV

De la patience, Émilie n'en a pas beaucoup non plus. Sans attendre, elle ouvre toutes les lettres du paquet et dévore leur contenu. Bientôt, son lit est noyé sous les feuilles couvertes de l'écriture élancée de Charlotte. Émilie est au comble de l'excitation. Ses mains courent d'une lettre à l'autre. Elle relit des passages. Se prend d'amitié pour cette inconnue à l'indéniable courage. Pour la première fois depuis des semaines, la jeune fille se pique d'intérêt pour quelque chose. Sa curiosité est éveillée et, désormais, elle veut en savoir plus, connaître cette Charlotte d'Espérance. Ou Charlotte Martin ? Émilie ne sait pas très bien comment la nommer. Elle veut savoir ce qu'elle est devenue, et si elle a retrouvé sa sœur Élisabeth.

Lorsque Émilie entre dans le salon longtemps après, sa mère n'en croit pas ses yeux. Sa fille n'est plus la même. Elle a quitté son air chagrin et ses yeux pétillent de nouveau. Mais, surtout, elle lui parle !

– Maman ! À qui appartenait cette maison avant ? demande Émilie de but en blanc.

– À madame Cerisaie, répond sa mère, un peu prise de court. Pourquoi ?

Émilie n'écoute même pas sa question. Elle poursuit :

– Est-elle encore en vie ? A-t-elle des enfants ? Savez-vous d'où elle venait ?

Les questions d'Émilie fusent sans que madame Décochet n'ait le temps de répondre à une seule d'entre elles. Mais la jeune veuve ne s'en émeut pas, au contraire ! Elle se réjouit de retrouver sa fille telle qu'elle était avant la mort de son père. Ce dernier lui soumettait souvent des énigmes. C'était une sorte de jeu entre eux. Pour les résoudre, Émilie bombardait toujours sa mère de questions dans l'espoir de lui arracher un indice qui lui permettrait d'entamer son raisonnement.

– Doucement, ma chérie ! dit madame Décochet. Une question à la fois !

Émilie s'arrête en entendant le ton joyeux de sa mère. Il lui semble, à elle aussi, que la vie redevient comme avant. Sa tristesse n'a pas disparu, mais elle s'est un peu allégée. Elle la laisse respirer plus librement. Cela fait du bien.

– Madame Cerisaie, l'ancienne propriétaire, reprend-elle, vit-elle toujours ?

– Certainement ! répond sa mère. Je l'ai rencontrée puisque c'est elle qui m'a invitée à visiter sa maison.

– A-t-elle des enfants ?

– Elle en a cinq, il me semble. C'est d'ailleurs pour cela qu'elle nous a vendu cette maison qui appartenait à son père. Elle était trop petite pour sa famille.

– Vous voulez dire qu'elle n'y a jamais habité ? demande Émilie, un soupçon de déception dans la voix.

– C'est son père qui vivait là tout seul depuis des années. Monsieur Benjamin Le Gentil. Il est mort l'année dernière, et sa fille s'est chargée de vendre la maison.

Émilie réfléchit. Sa mère la regarde. Quand sa fille se concentre, elle plisse légèrement les yeux comme pour faire le point dans sa tête. Elle ressemble alors étrangement à son père. Le même nez volontaire, le même front un peu haut, les mêmes lèvres fines. De sa mère, Émilie ne semble avoir pris que les yeux marron et la lourde chevelure noire. Son père était blond, presque roux.

– Croyez-vous que je pourrais rencontrer madame Cerisaie ? demande soudain Émilie.

Madame Décochet ne comprend pas ce qui se passe. Il y a deux heures à peine, sa fille montait découvrir sa nouvelle chambre en traînant les pieds, et voici qu'elle en redescend pleine d'entrain et pressée de rencontrer une personne dont elle vient de découvrir l'existence. Depuis la mort de son père, elle évite pourtant toute rencontre. Même ses amis sont mis de côté, trop joyeux.

– Tu as trouvé quelque chose ? demande-t-elle à sa fille.

Émilie rougit légèrement. C'est si fugace qu'un œil moins averti que celui de sa mère ne se serait aperçu de rien. Mais madame Décochet connaît bien sa fille, elle la sait incapable de mentir ou de dissimuler quoi que ce soit. C'est ce que son mari aimait pardessus tout chez Émilie : son caractère franc et entier.

– Rien qui soit très précieux et qui puisse faire défaut à madame Cerisaie ? insiste-t-elle doucement.

– Rien de tel, je vous le promets, répond Émilie.

La jeune fille hésite à tout raconter à sa mère. D'ordinaire, elle ne lui cache rien. Elle en est bien incapable. Mais cette fois-ci c'est différent. Elle voudrait garder un peu pour elle les lettres de Charlotte. Elle n'a pas envie d'en parler tout de suite pour avoir le temps de connaître cette jeune fille d'une autre époque. C'est drôle, Émilie se sent très attirée par elle. Elle voudrait se faire d'elle une amie. Et une amie, ça ne se partage pas. Du moins, pas tout de suite. Là-haut, dans sa chambre, elle a soigneusement remis les lettres au fond de leur cachette pour que personne ne les découvre.

– Nous pourrions passer la voir demain si tu veux, reprend sa mère sans chercher à se montrer plus curieuse. Je dois lui apporter quelques papiers.

Émilie bondit sur ses pieds et s'élance dans l'escalier.

– C'est parfait ! lance-t-elle par-dessus la rambarde.

Puis elle entre dans sa chambre en coup de vent et se jette sur son lit. Elle regarde les moulures blanches du plafond, fraîchement repeintes. Cette maison lui plaît !

La Rochelle, le 18 novembre 1792

Ma chère Élisabeth,

Laissez-moi vous décrire un peu la façon dont je vis. Vous savez déjà que je me suis mise à cuisiner, et cela vous a sans doute fait sourire. Mais ce n'est pas la seule chose que je fais désormais, et que je n'avais jamais entreprise auparavant. Figurez-vous que je suis capable de faire du feu ! Vous souvenez-vous comme j'observais le vieux Louis allumer un feu dans chacune des grandes cheminées du château ? J'aimais le voir choisir le bois, le placer dans l'âtre sur un amas de brindilles puis l'enflammer. Je me rappelle ces longues heures passées à regarder les flammes danser dans la cheminée, tandis que Louis revenait régulièrement ajouter une bûche, remuer les tisons ou souffler sur les braises. Je me souviens de tous ses gestes comme si j'y étais, et pourtant il m'a fallu près de deux jours pour réussir à allumer mon premier feu ! Quelle fierté, et quel soulagement, quand il a crépité pour la première fois dans la petite cheminée de ma chambre !

J'ai bien cru mourir de froid en attendant d'avoir du feu. L'hiver est là, et bien là. Il est arrivé aussi chez vous, sûrement, en Angleterre. Mais je vous assure que lorsque l'on ne vit plus dans la douce chaleur d'un château aux murs épais, on s'aperçoit combien il est rude. Chaque jour je me rends compte comme nous avons été gâtées de vivre à l'Espérance. Ici, les gens ont faim et froid. Les enfants, surtout, me font pitié. Ils sont nombreux, malades souvent. Ils ne savent ni lire ni écrire. Lorsque vous reviendrez, nous aurons beaucoup à faire...

La cabane dans laquelle je vis n'a rien d'un château. Ici tout est gris et poussière. La minuscule lucarne sur le toit est si étroite et si couverte de feuilles mortes et d'aiguilles de pin, qu'elle éclaire à peine mon lit de paille, la petite table en bois et la chaise qui me tiennent lieu de mobilier. À cause de la fumée du feu, les murs de torchis sont devenus gris, noirs par endroits. Le plafond également est noir de suie. Où sont passées les volutes de fleurs blanches qui ornaient les boiseries de ma chambre à l'Espérance ?

Au sol, les pavés inégaux sont glacials avec l'hiver, car l'air passe à grandes goulées sous la porte mal isolée. J'ai pris l'habitude de m'asseoir sur la table ou la paillasse pour ne pas attraper froid par les pieds. Et puis Françoise m'a donné de gros bas de laine qui me tiennent chaud.

Des bas de laine, vous rendez-vous compte ! Il est loin le temps des escarpins de cuir souple, des bas de soie fine. Si notre bonne Madeleine me voyait, elle ne s'en remettrait sans doute pas. Désormais, je porte des bas de laine et des sabots de bois grossiers. Quel mal j'ai eu aux pieds les premiers temps ! Chaque soir, je devais passer plusieurs heures à les masser pour soulager les meurtrissures. Maintenant, je n'y pense même plus. Pas plus qu'à mes vêtements de toile rêche qui me faisaient des plaques rouges sur tout le corps au début.

Ne croyez pas que je cherche à me faire plaindre de vous. J'ai choisi d'être ici et j'en prends mon parti. Hier encore, j'ai appris qu'un bateau avait largué les amarres pour l'Angleterre. Si j'avais voulu, j'aurais pu sans peine y embarquer. Il m'aurait suffi de retourner prendre un peu d'argent à l'Espérance, de passer une toilette convenable et de venir vous rejoindre. Mais même si vous me manquez affreusement, ma place n'est pas là-bas. Je ne veux pas aller en Angleterre et je ne peux pas ! Les hommes du Comité commencent à oublier ma présence et à parler plus librement devant moi. Les choses vont vraiment commencer, je l'espère.

Priez pour moi, Élisabeth, et pour tous ces gens si pauvres que je côtoie.

Que le Seigneur vous garde,

Charlotte

# V

Assise sur un coin de canapé, Émilie dévore des yeux la femme qui discute avec sa mère. Grande et élancée, madame Cerisaie est d'une élégance folle. Ses cheveux blonds sont ramenés sur sa nuque en un petit chignon serré d'où s'échappent quelques mèches savamment orchestrées. Sa robe vert d'eau est ajustée et rehaussée de broderies fines d'un vert plus soutenu. Ses pieds minuscules sont serrés dans de fines bottines de cuir beige. Émilie sourit en les apercevant. Elle repense aux gros sabots de Charlotte.

– Ma fille tenait absolument à vous rencontrer, dit madame Décochet.

– Vraiment ? demande son hôtesse en se tournant vers Émilie.

Plongée dans ses rêveries, la jeune fille ne s'aperçoit pas que la conversation a dévié sur elle.

– Émilie ? l'appelle sa mère.

– Oui ! répond sa fille machinalement.

– Madame Cerisaie s'étonne de ce que tu as voulu la rencontrer.

– C'est que..., bafouille Émilie, prise un peu au dépourvu. J'aurais voulu vous poser quelques questions.

– Des questions ?

Émilie ne répond pas. Elle regarde sa mère qui se tient là, assise entre elles deux, et à qui elle n'a encore rien dit.

– Pardonnez-moi, madame, les interrompt madame Décochet comme si elle avait compris le regard de sa fille. Je me sens un peu oppressée. Puis-je prendre l'air dans votre jardin ?

– Je vous en prie, répond madame Cerisaie. Mais si vous ne vous sentez pas bien, mieux vaudrait peut-être vous étendre quelque part.

– Non, vraiment, la rassure la mère d'Émilie. Une petite promenade dans le jardin me suffira.

– Soit !

Madame Cerisaie se lève pour indiquer à son invitée le chemin du jardin. Lorsqu'elle revient, elle affiche un sourire avenant qui incite immédiatement Émilie à parler.

– Je suis confuse de vous importuner de la sorte, madame, s'excuse-t-elle. Mais j'aimerais en savoir un peu plus sur votre maison. Pardon, sur la maison que nous occupons désormais.

– Que voulez-vous savoir ? l'interroge madame Cerisaie avec un petit sourire amusé.

– Maman m'a dit que votre père y habitait mais que vous n'y aviez jamais séjourné.

– Mon père y vivait en effet, répond madame Cerisaie. En revanche, j'y ai passé un certain nombre d'années moi aussi, ajoute-t-elle.

Le regard d'Émilie s'éclaire.

– Ma chambre est la chambre bleue qui donne sur le palier. Était-ce votre chambre ?

– Non, c'était la chambre de mes parents, mais plus personne n'y a jamais dormi depuis la mort de ma mère.

Émilie se tait, gênée d'avoir remué des souvenirs sans doute très douloureux. Mais madame Cerisaie poursuit, la voix douce et posée.

– Je dormais dans la pièce à côté. Mon père, lui, avait pris la troisième chambre à l'étage. À la fin de sa vie, il s'est installé au rez-de-chaussée, dans le bureau.

Madame Cerisaie regarde Émilie avec un air interrogateur. Que cherche à savoir cette jeune fille au regard si brun ? Émilie n'ose plus parler. Une question lui brûle les lèvres, mais elle ne se sent pas capable de la poser. Madame Cerisaie l'encourage avec un sourire.

– Est-ce tout ? demande-t-elle.

– Non, admet Émilie. Mais...

– Eh bien ?

– Pardonnez-moi, madame, de vous poser cette question, mais quand votre maman est-elle morte ?

La voix d'Émilie se brise en prononçant ces derniers mots. La simple évocation de la mort d'un proche la ramène cruellement à la disparition de son propre père. Comme il lui manque ! Elle aurait tant aimé résoudre cette nouvelle énigme avec lui...

– Maman est morte quand j'avais quatre ans, raconte madame Cerisaie. Ce fut très difficile, surtout pour mon père, qui se retrouvait seul avec une petite fille. Heureusement, maman nous avait laissé un trésor.

Émilie lève les yeux, vivement intéressée. Un trésor ! Son « trésor » ?

La Rochelle, le 17 décembre 1792

Ma chère Élisabeth,

Cela fait plusieurs jours que j'entends des hommes et des femmes entonner un nouveau chant dans les rues de La Rochelle. Il paraît qu'il est très à la mode à Paris, où il a été baptisé « la Marseillaise ». On raconte qu'il a été écrit à Strasbourg, pourtant, afin de soutenir les troupes livrant bataille aux Autrichiens qui nous harcèlent depuis plusieurs mois. Mais comme ce sont des Marseillais qui le chantèrent pour la première fois, il en a pris le nom. La géographie est parfois capricieuse !
Je vous retranscris les paroles du premier couplet et du refrain de cette chanson. Vous n'en avez sans doute jamais encore entendu parler, mais elle fait tant d'émules ici qu'elle devrait bientôt dépasser nos frontières.

Allons enfants de la Patrie,
Le jour de gloire est arrivé !
Contre nous de la tyrannie,
L'étendard sanglant est levé.
Entendez-vous dans les campagnes,

Mugir ces féroces soldats ?
Ils viennent jusque dans vos bras
Égorger vos fils, vos compagnes !

Aux armes, citoyens !
Formez vos bataillons
Marchons, marchons !
Qu'un sang impur
Abreuve nos sillons !

La ferveur qui anime hommes et femmes lorsqu'ils entonnent ce chant est immense. Ils chantent avec gravité, mais je ne peux m'empêcher de frissonner quand j'entends ces paroles guerrières. Je les préfère toutefois à celles de « la Carmagnole », cet autre chant que les sans-culottes aiment à chanter pour se moquer du roi, de sa famille et de sa cour. À propos du roi, les journaux rapportent ici qu'il a été mis à l'isolement dans sa prison du Temple. Il vit à l'étage, dans une vaste pièce divisée en quatre et où les fenêtres sont obstruées pour l'empêcher de voir dehors. Le temps doit lui paraître extrêmement long. Des témoignages rapportent qu'il a dans sa chambre une grande horloge sur laquelle était écrit le nom de son fabricant « Lepaute Horloger du roi ». Depuis la proclamation de la république, le 22 septembre dernier, un garde a collé un morceau de papier pour cacher le mot « roi ». C'est ainsi, paraît-il, que Louis XVI apprit qu'il venait d'être déchu de son rang de monarque. D'ailleurs, ici, personne ne parle plus du roi mais du citoyen Louis Capet. Quel sort lui réservent-ils ?
Prenez soin de vous.

Charlotte

La Rochelle, le 25 décembre 1792

Ma chère Élisabeth,

Aujourd'hui, c'est Noël, et vous êtes sans doute la seule personne avec laquelle je puisse en parler librement. Ici, les églises sont fermées, interdites aux fidèles qui souhaiteraient fêter la naissance de Jésus. Désormais, on préfère célébrer le culte de la Raison plutôt que de vénérer le Christ, et les gens n'ont pas le choix. C'est triste ! Si triste ! Personne n'ose le dire, mais je sens bien autour de moi que la plupart des hommes et des femmes sont moroses.
J'ai l'impression que le monde s'enfonce dans le désespoir sans la lumière de Noël. On nous retire à tous l'espérance !
Je vous ai déjà parlé de Françoise, avec laquelle je cuisine pour les membres du Comité. Françoise est la joie de vivre incarnée. Elle est toujours souriante, un peu ronde aussi, ce qui lui donne un air doux. Ne vous imaginez pas cependant qu'elle mange à sa faim. Comme beaucoup, Françoise peine à trouver de quoi se nourrir correctement. Néanmoins, la nature l'a ainsi faite, elle est potelée !
Il y a deux jours, Françoise a perdu sa maman d'une pneumonie. Lorsqu'elle est arrivée le lendemain pour travailler, elle n'était plus que l'ombre d'elle-même. Elle venait de porter le corps de sa mère

dans un « champ du repos » à l'extérieur de la ville, accompagnée d'un officier public. La cérémonie a été courte et impersonnelle. Françoise n'a pu voir aucun prêtre ni trouver le réconfort auprès d'aucune âme chrétienne. Personne n'a pu lui dire que la mort n'était pas la fin de tout mais le commencement de la vie éternelle. Je vous le disais, on nous retire l'espérance !

Cela me rappelle la mort de nos parents, trop tôt survenue. Serions-nous ce que nous sommes si un prêtre ne nous avait pas assuré que nous les reverrions un jour et que nous pouvions continuer de nous adresser à eux dans la prière ? Non, vraiment, Élisabeth, ils sont bien tristes, ceux qui perdent un être cher aujourd'hui.

Ma lettre n'est pas bien gaie pour un jour de Noël, je vous l'accorde. Je vous rapporte cependant une anecdote qui rendra un peu de joie à mes propos. On raconte que certains ont sculpté dans du bois de minuscules personnages de la crèche pour célébrer Noël malgré tout. À défaut de pouvoir aller dans les églises et d'y faire une crèche, ils la construisent chez eux, en cachette. Les personnages sont si petits qu'ils peuvent disparaître au fond d'une poche quand un membre du Comité se présente à l'improviste. Je crois que je vais faire pareil en modelant de la mie de pain. Je doute de mes talents de sculpteur, mais au moins le Christ sera chez moi et rien que d'y penser cela me réchauffe le cœur.

Joyeux Noël, Élisabeth. Soyez dans l'allégresse et ne perdez jamais l'espérance.

Charlotte

# VI

Le trésor de la mère de madame Cerisaie n'a rien à voir avec celui qu'Émilie garde précieusement caché dans la petite trappe du mur de sa chambre. Il n'en est pas moins précieux.

– Un trésor ? demande Émilie.

– En quelque sorte, oui, répond madame Cerisaie. Maman avait toujours eu une santé fragile. Elle savait qu'elle ne vivrait pas longtemps. Elle restait joyeuse cependant, toujours rayonnante jusqu'à la fin. J'étais très jeune lorsqu'elle est partie, mais je garde d'elle un souvenir lumineux.

– Moi aussi..., la coupe Émilie sans y prendre garde.

« Le souvenir de mon père aussi est lumineux, pense la jeune fille. Il riait tout le temps. Il aimait rire. »

Dans le salon de cette femme qu'elle ne connaît pas, Émilie laisse enfin refluer ses souvenirs. Elle revoit avec une netteté troublante le visage de son père auréolé de cheveux presque roux. En fermant les yeux, il lui semble même entendre sa voix lorsqu'il s'amusait à lui dire :

– Émilie Décochet, sois un homme !

Madame Cerisaie regarde la jeune fille en silence. Elle connaît son histoire. Sa mère, madame Décochet, s'est un peu confiée à elle, déconcertée par le mutisme de sa fille, par son refus de se laisser aller. Ce n'est que lorsqu'Émilie rouvre les yeux que madame Cerisaie poursuit :

– Maman savait qu'elle allait partir, mais elle savait également qu'elle ne nous abandonnait pas.

Émilie écoute, tendue sur sa chaise.

– Maman croyait que la mort n'était pas la fin de tout, continue madame Cerisaie. Elle croyait qu'elle n'était que le commencement de la vie éternelle.

Deux grosses larmes coulent maintenant sur les joues d'Émilie. Elle a déjà lu de tels mots dans les lettres de Charlotte, et les entendre de nouveau la bouleverse. Elle n'avait jamais rien entendu de la sorte auparavant. Pour son père, Dieu n'était qu'une invention des hommes.

– L'homme n'a pas besoin de Dieu pour vivre ! lui expliquait-il. Ni pour mourir, ajoutait-il.

Émilie l'écoutait et le croyait. Elle croyait toujours son père. Tout le monde le disait fin et intelligent. Libre penseur aussi. Et voilà qu'elle découvre une femme qui ne partage pas du tout les opinions de son père et qui semble parfaitement heureuse. Elle lui déclare avoir besoin de Dieu dans sa vie et, pourtant, elle n'a rien d'une illuminée ni d'une originale. Madame Cerisaie est calme et posée au contraire, sereine également.

– Maman croyait profondément en Dieu, raconte madame Cerisaie, et elle m'a laissé cette foi, ce trésor.

Ainsi, on y était. Là était le trésor de madame Cerisaie.

– Mais pourquoi parlez-vous de trésor ? questionne Émilie, la voix nouée.

– C'est un trésor parce que je sais que je ne suis jamais seule ! s'enthousiasme madame Cerisaie. Je sais que Dieu est toujours auprès de moi. Et je sais aussi que maman continue de veiller sur moi, même si elle n'est plus là.

Cette fois-ci, Émilie lâche prise. Elle ne fait plus aucun effort pour retenir ses larmes et elle se sent bien. Curieusement, elle n'a aucune honte à pleurer devant cette femme, qui n'est qu'une inconnue pour elle. La tristesse qui l'oppressait depuis des semaines desserre son emprise. Enfin !

– Si vous avez l'espérance, même la mort n'est plus vraiment triste, termine madame Cerisaie.

L'espérance ! Ce mot est si nouveau pour Émilie qu'elle n'en revient pas de l'avoir lu et entendu autant de fois en si peu de temps.

– L'espérance..., répète-t-elle.

Madame Cerisaie acquiesce de la tête en souriant.

– L'espérance..., redit une nouvelle fois Émilie en se reprenant tout à fait. Madame, connaissez-vous une jeune fille qui s'appelait Charlotte d'Espérance ?

Madame Cerisaie réfléchit un moment mais ne trouve pas.

– Non, dit-elle. Cela ne me dit rien.

La Rochelle, le 4 janvier 1793

Ma chère Élisabeth,

Ils ont parlé ! Ils ont parlé ! Élisabeth, je suis si heureuse que je voudrais le crier sur tous les toits. Mais je ne peux pas, vous vous en doutez. Ce n'est pas le moment de me faire remarquer.
Cela s'est passé il y a deux jours. J'entrais dans la salle du Comité pour apporter le repas lorsque j'ai surpris une conversation. L'un des hommes évoquait un prêtre qui se cachait dans la grange du Rusquec. Un voisin y avait remarqué d'étranges allées et venues la nuit. Il soupçonnait qu'on disait là une messe clandestine.
Tout en apportant la soupe, je prenais garde à ne pas perdre une miette de la conversation. Vous n'imaginez pas combien il est difficile de servir du potage tout en tendant l'oreille ! Plus d'une fois j'ai bien failli verser la soupe à côté de l'écuelle. C'eût été dommage ! Ils m'auraient sans doute renvoyée sur-le-champ. Pour en apprendre le plus possible, j'ai battu des records de lenteur. À un moment même, l'un des hommes s'est agacé de me voir si empotée. Il m'a fallu faire plus vite, mais je savais l'essentiel.
En sortant de la salle du Comité, je me suis excusée auprès de Françoise et j'ai prétexté une course à faire. Je ne devais pas

perdre de temps. La ferme du Rusquec est à quatre lieues de La Rochelle.
Pour qui n'en porte jamais, les sabots entravent terriblement la marche. Heureusement, j'ai eu le temps de m'y habituer et j'ai béni ces souliers robustes dont les semelles ne se trouent pas sur les aspérités de la route. J'ai apprécié également de ne plus porter les étroits corsets que nous avions coutume de revêtir chaque matin. Ils m'auraient empêchée de respirer librement. Celui que je porte, en cuir souple, est extrêmement plus confortable et la jupe ample en tissu lourd ne m'a pas ralentie. J'ai ainsi pu marcher du plus vite que je le pouvais. Cela m'a demandé tout de même trois bonnes heures ! Mais le plus difficile restait à faire.
Vous savez combien il était délicat déjà de faire confiance à qui que ce soit avant votre départ en Angleterre. Chacun se méfiait de son voisin, parfois même de son propre frère. Aujourd'hui, c'est pire encore. Plus personne n'ose rien dire, de peur qu'une personne malveillante ne rapporte ses propos. Et alors, vous connaissez la sentence... Dans le meilleur des cas, on est emprisonné. Pour peu que les membres du Comité soient un peu irritables ce jour-là, et c'est la guillotine !
En arrivant à la ferme du Rusquec, je ne savais donc pas si les habitants cachaient eux-mêmes le prêtre ou si ce dernier se dissimulait dans leur grange à leur insu. Il m'a donc fallu pénétrer dans le bâtiment sans être vue. J'avoue avoir trouvé cela excitant. Un peu d'action enfin, après tant de semaines d'attente !
Une fois dans la grange, j'ai récité un Ave Maria à voix basse. L'effet ne s'est pas fait attendre. Une voix profonde s'est élevée pour

me répondre, qui venait de derrière quelques ballots de paille empilés jusqu'au toit. Cette voix, Élisabeth, vous la reconnaîtriez même après des années d'absence. C'était celle de notre cher abbé Bonnet ! Il était méconnaissable ! Sa soutane flottait autour de son corps devenu trop maigre. Son visage était cerné par tant de nuits sans sommeil, mais il était vivant ! Lorsque je lui ai dit que le Comité menaçait d'envoyer des hommes pour l'arrêter, il m'a bénie puis il s'est enfoncé dans le bois voisin, dans l'espoir de trouver un autre lieu pour se cacher. Avant de partir, il m'a fait promettre d'avertir les paysans de la ferme. Eux aussi risquaient leur vie en l'accueillant.

Chère Élisabeth, voici ma première mission d'espionne du Christ enfin réalisée. Je vois comme un clin d'œil du Ciel que le premier prêtre que j'aie pu aider soit notre vieil abbé. Je ne sais pas où il est désormais et c'est mieux ainsi. Au moins, si on me démasque, je ne pourrai pas le trahir. Mais je vous fais peur. Pardonnez-moi. Je vous promets de faire attention, toujours.

Vous aussi, faites attention à vous. Je ne sais pas quelle est votre vie aujourd'hui, mais je ne voudrais pas qu'il vous arrive malheur. Que Dieu vous protège !

Charlotte

# VII

– Oh, pardon !

Une jeune fille vient d'entrer en coup de vent dans le salon. Elle s'arrête aussitôt en apercevant Émilie et madame Cerisaie en grande conversation. Surprise, cette dernière relève la tête et sourit à la nouvelle arrivante.

– Émilie, je vous présente ma fille Constance, dit-elle.

L'intruse s'avance dans la pièce en dévisageant Émilie de ses grands yeux bleus. Elle ressemble énormément à sa mère. Habillée à la dernière mode, elle porte un long manteau bleu ciel bordé de fourrure au-dessus d'une robe dans les mêmes tons. Un étonnant petit chapeau de feutre est posé sur ses cheveux blonds et retenu par un large ruban de satin.

Constance tend sa main gantée vers Émilie et la salue d'un sourire. Puis elle se retourne vers sa mère pour lui demander :

– Maman ! Me permettez-vous de me rendre au Grand Bazar ? J'aimerais y flâner et y faire quelques courses.

Madame Cerisaie regarde les deux jeunes filles qui se font face. Elles ont le même âge.

– Émilie, connaissez-vous le Grand Bazar ? demande-t-elle. Ma fille en est tombée amoureuse !

– Non, madame, je n'y suis jamais allée. Je m'étais promis de m'y rendre, mais…

« Mais mon père est mort ! » pense Émilie. L'ouverture du Grand Bazar, qu'elle attendait avec impatience, comme beaucoup de Lyonnais, est devenue alors le cadet de ses soucis. Elle avait pourtant suivi avec passion chaque étape des travaux du premier grand magasin de la ville.

– Que diriez-vous d'y aller avec Constance ? propose madame Cerisaie. Ernestine vous accompagnera et vous pourrez ainsi le découvrir. Vous pourrez également empêcher mon espiègle Constance de faire des folies, ajoute-t-elle avec malice.

Constance fait une petite moue boudeuse, mais ses yeux rient. Émilie sent une vraie connivence entre la mère et la fille. « Un peu comme celle qui nous liait maman et moi », se dit-elle.

Émilie hésite. Pourquoi pas, après tout ? Sa conversation avec madame Cerisaie l'a soulagée. Certes, sa tristesse est toujours là, tapie dans l'ombre, prête à lui sauter à la gorge à la moindre évocation du passé. Mais elle se tient plus tranquille. Émilie se sent l'envie de reprendre un peu sa vie d'avant.

– D'accord ! répond-elle. À moins que votre fille n'en ait pas envie.

– Je raffole de cet endroit, dit Constance. C'est si nouveau ! Je vous le ferai découvrir avec grand plaisir.

Il ne faut pas longtemps aux deux jeunes filles pour sympathiser. Constance est gaie, intelligente et drôle. Elle aime la mode et ses futilités mais se montre soudain très sérieuse lorsqu'il s'agit de parler de la vie du pays ou de la condition des ouvriers du textile, qui abondent dans la ville de Lyon. Elle lit beaucoup et joue de la flûte traversière. Lorsqu'elles arrivent devant le Grand Bazar, Émilie et Constance sont déjà amies. Elles s'apostrophent comme si elles se connaissaient depuis des années.

– Regardez cet étal de dentelles ! s'exclame Constance en bondissant de la voiture.

Les marchandises sont installées à l'extérieur, sous les auvents qui entourent le magasin. Constance s'empare d'un coupon de dentelle et le tend à sa nouvelle amie. Émilie n'ose pas trop toucher. Elle craint qu'une vendeuse ne surgisse pour lui arracher la marchandise des mains et la tancer vertement.

– Prenez-le ! insiste Constance. Personne ne vous dira rien. J'ai entendu dire que les vendeuses avaient interdiction d'importuner le client. Elles ne sont là que pour nous renseigner, si on le leur demande, et préparer les marchandises. N'est-ce pas fantastique ?

Tous les clients du Grand Bazar semblent partager le même enthousiasme que Constance. Ils profitent de cette liberté inhabituelle pour flâner à leur guise entre les rayons, soupeser quelques articles et, finalement, repartir sans rien acheter. Plus qu'un magasin, le Grand Bazar est devenu, en un mois à peine, un nouveau lieu de promenade pour le Tout-Lyon. On y fait des emplettes mais, surtout, on regarde, on papote, on commente sous les yeux des vendeuses, qui restent imperturbables mais souriantes. Les femmes viennent ici pour faire admirer leur toilette. Les hommes commentent les dernières innovations, en affectant de ne pas s'intéresser à la marchandise. Pourtant, eux aussi peuvent trouver là leur bonheur. Des rayons entiers leur sont consacrés. Cravates, hauts-de-forme, cannes, pipes... Ils n'ont que l'embarras du choix.

– Venez voir !

Constance entraîne Émilie à l'intérieur du bâtiment. C'est immense ! Jamais Émilie n'a vu un tel déploiement de marchandises. De lourdes lampes accrochées au plafond éclairent la structure. L'installation électrique est l'une des plus grandes fiertés des propriétaires du bâtiment.

– Il me faut quelques rubans, explique Constance. Je les ai promis à ma cousine.

– Votre cousine ?

– Hélène de Moulin. Elle habite à Valence et se plaint de ne pas avoir un choix assez large de rubans pour orner ses chapeaux.

– La voyez-vous souvent ?

– Non, malheureusement. Mais nous nous écrivons. Je garde précieusement toutes ses lettres. Plus tard, nous nous amuserons sans doute à les relire.

Émilie et Constance grimpent à l'étage pour trouver le rayon de la mercerie. Constance passe un long moment à choisir une dizaine de rubans différents. L'un d'entre eux ramène Émilie à ses pensées. Il est en velours bleu, comme celui qui retient entre elles les lettres de Charlotte.

# VIII

Émilie vient de passer une excellente journée. Elle s'est fait une nouvelle amie et, surtout, il lui semble avoir repris un peu le cours de sa vie d'avant. La visite du Grand Bazar l'a époustouflée. On y trouve de tout. Avec son père, elle s'était amusée à déchiffrer les longs panneaux gravés qui ornaient la façade du futur grand magasin : « OBJETS D'ART », « BIJOUTERIE », « PORCELAINE », « AMEUBLEMENT », « JOUETS ». S'il était encore là, il aurait pu constater de lui-même que ces annonces ne mentaient pas. Il y avait bien tout cela dans le bâtiment.

En rentrant, Émilie rouvre la petite trappe à côté de son lit et relit les lettres une à une. Elle les décortique dans l'espoir d'y trouver un indice qui lui aurait échappé, une piste dont elle pourrait remonter le cours. Force est de constater que son enquête piétine. Elle espérait beaucoup de sa rencontre avec madame Cerisaie. Elle s'imaginait déjà apprenant la fin de l'histoire de Charlotte d'Espérance. Elle pensait même découvrir un tableau, une miniature ou un quelconque portrait de la jeune fille. Au lieu de cela, elle était repartie avec toutes ses questions irrésolues. Elle s'en posait même quelques-unes de plus. Comment madame Cerisaie n'avait-elle pas eu connaissance de ces lettres en habitant si longtemps dans la maison ? Pourquoi n'avait-elle jamais entendu parler de Charlotte d'Espérance ?

Tandis qu'elle réfléchit, légèrement songeuse, Émilie joue avec le ruban de velours bleu. Elle repense à sa nouvelle amie, Constance, et à leur conversation de l'après-midi. Soudain, un détail lui revient en mémoire à propos d'Hélène, la cousine chérie.

« Nous nous écrivons, avait dit Constance. Je garde précieusement toutes ses lettres. »

Émilie bondit hors de son lit. Mais bien sûr ! Pourquoi n'y a-t-elle pas pensé plus tôt ? C'était si simple que cela ne l'avait même pas effleurée !

La Rochelle, le 22 janvier 1793

Ma chère Élisabeth,

Le roi est mort ! Hier.
Paix à son âme !

Charlotte

La Rochelle, le 25 janvier 1793

Ma chère Élisabeth,

Ma dernière lettre était sibylline. L'annonce de la mort du roi m'a profondément affectée, et j'étais bien incapable de vous écrire davantage. Mais je me dois de vous dire quelques mots des derniers moments de feu notre souverain.

J'ai appris la nouvelle, le lendemain de sa mort, sur la place publique. Chaque jour en effet, un crieur vient lire le journal pour tous ceux qui n'en sont pas capables. C'est l'occasion pour chacun de rester informé et de commenter les événements qui agitent notre pays. D'ordinaire, chaque information est accueillie par des éclats de voix plus ou moins puissants. Une fois n'est pas coutume, l'annonce de l'exécution du roi a été suivie d'un grand silence. Tous, nous étions abasourdis par la nouvelle. Ce n'est que quelques secondes plus tard qu'un homme s'est écrié : « Vive la Nation ! Vive la République ! » Tous les autres lui ont emboîté le pas, et ce fut la liesse générale. En réalité, il est difficile de savoir ce que pensent vraiment les gens. Certains se réjouissent de l'exécution du roi. Beaucoup, la majorité il me semble, ne souhaitaient pas sa mort.

Notre roi Louis XVI a été guillotiné en place de la Révolution, le 21 janvier à dix heures et vingt-deux minutes. Personne n'entendit ses dernières paroles, car les tambours roulaient trop fort tout exprès. Certains certifient toutefois qu'il proclamait son innocence. Le roi s'est montré très digne devant la mort, ferme et plein de sang-froid. Lorsque le crieur a lu ce passage, j'ai entendu murmurer quelqu'un derrière moi dans la foule. Pour lui, ce courage ne pouvait venir que de la foi immense que le roi avait dans le Seigneur. Je crois que cette personne a raison.

Il est vrai que, malgré tous les événements, le roi Louis n'a jamais délaissé ses devoirs de chrétien. Au matin de sa mort, il a suivi la messe, s'est confessé et a reçu la communion. Un témoignage rapporte qu'il lisait la prière des agonisants dans la voiture qui l'amenait à l'échafaud.

J'avais déjà entendu dire qu'à la prison du Temple le roi jeûnait chaque vendredi. Une fois, on lui servit de la viande ce jour-là, en place du traditionnel poisson. L'un de ses gardes raconte qu'il prit alors un simple morceau de pain, qu'il trempa dans son vin, et se contenta de ce frugal repas. À ceux qui se moquaient de ses états d'âme, il demanda que l'on ne gênât pas sa conscience et qu'on le laissât faire ce qu'il croyait être le mieux.

J'admire ceux dont la foi demeure inébranlable même dans les moments les plus critiques. Je demande à notre Seigneur de me donner le même courage s'il devait m'arriver malheur.

Je prie pour vous,

Charlotte

# IX

– Émilie ? s'étonne madame Cerisaie en la voyant revenir chez elle dès le lendemain. Vous avez oublié quelque chose ?

La jeune fille a bondi de son lit ce matin pour se présenter à la première heure chez madame Cerisaie. La fidèle Eugénie sur les talons, elle s'est précipitée chez la mère de Constance, sans même s'annoncer à l'avance.

– Pardonnez-moi, madame, répond Émilie. Je vous ai dit avoir quelques questions à vous poser hier, mais je me suis trompée de nom !

– De nom ? demande madame Cerisaie, qui ne comprend pas.

– Charlotte d'Espérance ! Je vous ai demandé si vous connaissiez Charlotte d'Espérance ! Mais je me suis trompée. C'est d'Élisabeth qu'il s'agit !

Incrédule, la mère de Constance fait entrer Émilie dans le salon et la prie de tout reprendre depuis le début. La jeune fille réalise tout à coup combien son arrivée si matinale a de quoi étonner son interlocutrice. Tout comme ses questions, apparemment si dépourvues de sens. Elle se doit d'être plus claire... et de faire preuve de plus de savoir-vivre !

– Pardon, madame, s'excuse-t-elle pour commencer. Mon intrusion chez vous, à cette heure, est des plus malpolies.

Émilie fait une pause pour laisser à madame Cerisaie le temps de la réprimander gentiment. Mais la mère de Constance n'en fait rien. Elle l'invite à poursuivre.

– Je dois vous avouer quelque chose, continue donc Émilie. Je dors dans la chambre qui a jadis appartenu à vos parents. Dans le mur, près du lit, j'ai découvert une trappe...

Émilie poursuit son récit sous l'œil attentif de madame Cerisaie. Elle raconte l'exploration avide de la cachette, la pince à tisons, le paquet de lettres, sa déception, la lecture du courrier de Charlotte, sa passion soudaine pour cette histoire et son envie d'en découvrir le fin mot.

– Voilà pourquoi je me suis permis de vous demander si vous connaissiez Charlotte d'Espérance, termine Émilie. Mais je me trompais !

– Vous vous trompiez ? interroge madame Cerisaie.

– Hier, votre fille Constance m'a parlé de sa cousine Hélène avec laquelle elle échange une correspondance fournie. Elle m'a dit qu'elle gardait toutes les lettres d'Hélène. Sur le moment, je n'ai pas réagi. Et puis j'ai réalisé mon erreur.

La voix d'Émilie se perche, dissimulant mal son excitation.

– Les lettres que j'ai retrouvées sont celles de Charlotte d'Espérance. Elles étaient donc en la possession d'Élisabeth et non pas de Charlotte, bien évidemment ! s'enflamme Émilie. D'où ma nouvelle question, madame : avez-vous déjà entendu parler d'une certaine Élisabeth d'Espérance ?

Madame Cerisaie secoue la tête.

– Non, répond-elle. Pas plus que d'une Charlotte d'Espérance. C'est un fort joli nom, ajoute-t-elle. Je l'aurais retenu, sans aucun doute.

– Et Élisabeth ? insiste Émilie. Aucune Élisabeth n'a vécu dans votre maison avant ? Votre maman ne vous en a jamais parlé ?

– Vraiment, non.

– De quoi parlez-vous ?

Émilie sursaute. Constance est entrée dans le salon sans faire de bruit. Elle s'est étonnée de trouver Émilie chez eux de si bonne heure.

– Bonjour, ma chérie ! Nous avons de la visite, voyez-vous ! lance madame Cerisaie.

Constance vient embrasser sa mère et sourit à Émilie.

– De quoi parliez-vous à l'instant ? répète-t-elle avec curiosité.

Madame Cerisaie regarde Émilie, interrogative.

– J'ai trouvé de vieilles lettres dans une cachette de ma chambre, raconte aussitôt Émilie. Je cherche à savoir ce qu'est devenue la jeune fille qui les a écrites. Je venais demander des indices à votre maman.

– Et ? interroge Constance.

– Et nous n'avons rien trouvé, continue madame Cerisaie. Émilie cherche la trace de Charlotte d'Espérance, qui a écrit ces lettres, ou de sa sœur, Élisabeth, à qui elles étaient adressées.

– Ce nom a dû vous plaire, relève Constance avec malice.

– Soit ! dit sa mère. Mais je ne connais personne qui s'appelle ainsi.

– De quand datent ces lettres ? questionne Constance.

– De la Révolution, répond Émilie.

– Oh ! Comme c'est excitant !

Émilie est du même avis que son amie, et elle aimerait que son enquête progresse un peu plus rapidement.

– Vous me les ferez lire ? lui demande Constance.

– Certainement. Mais avant cela j'avais prévu de me rendre à Fourvière. La journée s'annonce ensoleillée et j'éprouve le besoin de sortir un peu de chez moi après tout ce temps où j'y suis restée enfermée.

– Fourvière ? questionne Constance. Pourquoi Fourvière ?

– Mon père m'y emmenait souvent. La construction de l'observatoire le passionnait.

– Moi, c'est la basilique qui m'intéresse, lance Constance, espiègle. J'ai promis à maman de m'y rendre régulièrement. Puis-je vous accompagner ?

– Je ne demande pas mieux, répond Émilie, qui se réjouit de la compagnie de son amie.

Madame Cerisaie s'amuse de voir ces deux jeunes filles qui ne se connaissaient pas hier et qui déjà s'entendent à merveille. « La blonde et la brune. La foi et la raison », pense-t-elle en les regardant s'éloigner.

# X

Perchées en haut de la tour nord-est de la basilique de Fourvière, Émilie et Constance dominent la ville de Lyon. À leurs côtés, Eugénie et Ernestine évitent de trop regarder en bas. Les deux femmes ont le vertige. Que ne leur fait-on pas endurer pour veiller partout sur ces deux charmantes jeunes filles !

L'immense basilique de Fourvière est encore en construction, mais la tour vient d'ouvrir ses portes. C'est la première fois que les deux amies grimpent tout en haut.

– C'est si beau ! s'enthousiasme Constance. Vous ne trouvez pas ? Regardez, là-bas, le Grand Bazar ! ajoute-t-elle.

– Et le Parc de la Tête d'or.

– La cathédrale Saint-Jean !

Constance et Émilie s'amusent à repérer d'en haut tous les lieux qu'elles connaissent.

– Voyez-vous la montagne qui se dessine au loin ? demande Émilie.

– Oui.

– Mon père m'a parlé d'un petit village en Suisse qui propose aux touristes de venir profiter des jeux de neige en hiver.

– C'est drôle..., dit Constance, songeuse.

Les deux amies restent un moment à contempler le paysage sans rien dire.

– À quoi pensez-vous ? demande soudain Constance pour briser le silence.

– À tout cela ! La montagne ! La neige ! C'est beau !

– Je suis comme vous. Et quand je vois cela, je ne peux m'empêcher de remercier le Seigneur, s'enthousiasme Constance.

Émilie la dévisage avec étonnement.

– Je ne vois pas le rapport ! dit-elle.

C'est au tour de Constance d'être interloquée par sa réponse.

– Ne croyez-vous pas que c'est Dieu lui-même qui a créé tout ça ?

Émilie soupire :

– Oh, vous savez, moi, je ne crois pas à cela ! Comme mon père, je pense ne devoir compter que sur l'homme.

– Mais l'homme n'a rien à voir avec tout cela ! s'enflamme Constance. Croyez-vous que ce soit lui qui ait monté un à un ces rochers pour bâtir cette montagne ? Pensez-vous qu'il ait pu façonner chaque bête, accrocher chaque étoile dans le ciel ? Imaginez-vous que l'homme ait été capable de se créer lui-même à partir de rien ? C'est impossible ! Sans Dieu, l'homme ne serait pas là. Il faut bien que le premier homme ait été créé par quelqu'un de supérieur et de tout-puissant.

Pour Constance, cela tombe sous le sens. Pour Émilie, non. Elle se rappelle une conversation qu'elle avait eue avec son père, sur les origines de l'homme. C'était il y a quatre ans. Monsieur Décochet venait d'apprendre dans le journal la mort d'un savant anglais dont les théories avaient bouleversé les hommes de son temps.

– Charles Darwin a exposé que l'homme descendait du singe, avait-il alors expliqué à sa fille.

– Du singe ?

– Oui, ma chérie. Du singe tel que tu en vois au Parc de la Tête d'or !

– C'est dégoûtant ! avait grimacé Émilie, qui avait en tête l'image de ces animaux s'épouillant le poil toute la journée.

Son père était alors parti dans un grand éclat de rire.

– Mais l'homme descend du singe, avance Émilie en observant Constance.

– C'est dégoûtant ! s'exclame à son tour la jeune fille. Vous vous imaginez descendre du singe ? Moi je ne préfère pas...

Constance s'arrête, réfléchit un instant et lance, triomphante :

– De toute façon, cela revient au même puisque Dieu a créé l'homme, la terre et tous les animaux. Il a donc créé le singe ! Alors, même si vous croyez avoir un grand-père pour singe, cela ne vous empêche pas de croire que vous êtes l'œuvre de Dieu !

Émilie doit reconnaître que le raisonnement de Constance se tient. Mais c'est si différent de ses convictions héritées de son père qu'elle préfère changer de sujet.

– On redescend ? propose-t-elle. Vous vouliez visiter la basilique.

– Allons-y ! répond Constance avec entrain.

Les travaux de la basilique ne sont pas terminés, mais le gros œuvre est achevé. Le public peut entrer pour admirer le travail des artisans qui décorent l'intérieur. Il y a là des peintres, des sculpteurs, des mosaïstes et des verriers qui travaillent sur les vitraux. Une petite chapelle sur le côté est presque entièrement terminée. De nombreux cierges brûlent déjà au pied de la fresque sculptée qui représente la Vierge Marie.

Constance tire une petite bourse de satin vert dissimulée entre les plis de sa jupe.

– J'ai promis à maman de brûler un cierge ici à la mémoire de mon grand-père, explique-t-elle en sortant un quart de franc.

Constance parle tout bas. Émilie sent tout le sérieux de son amie. Elle l'observe avec intérêt. C'est l'une des premières fois qu'elle côtoie quelqu'un qui affirme ainsi sa foi. Jusqu'à présent, les amis d'Émilie étaient comme elle, libres-penseurs à l'image de leurs parents.

Constance glisse la pièce dans un tronc posé dans un coin de la chapelle. Elle prend un long cierge blanc, l'allume à la flamme d'un autre et le plante sur le brûloir de fer forgé. Puis, elle s'agenouille sur un prie-dieu, se signe, croise les mains et baisse la tête pour se recueillir. Constance est toute à la prière qu'elle murmure sans prêter garde à ce qui l'entoure.

Émilie tend l'oreille. Elle aimerait savoir ce que dit son amie, découvrir un peu ce que signifie vraiment « prier ». Elle n'en perçoit cependant que quelques bribes :

« ... à vous et à votre Église... toujours fidèles... pour que jamais nous ne ressentions la tristesse... que nous aimons... »

Émilie sursaute. Ces mots, ils ne lui sont pas étrangers !

La Rochelle, le 10 février 1793

Ma chère Élisabeth,

Je rencontre chaque jour des personnes admirables de courage et de piété. Je croyais tous les chrétiens devenus silencieux et résignés, je me trompais ! Quel réconfort c'est pour moi de découvrir les petits actes de résistance, en apparence insignifiants, que font les uns et les autres.
Je vous parlais déjà des minuscules crèches qui avaient fait leur apparition dans les maisons. Vous seriez étonnée de découvrir où l'on cache les ostensoirs, les ciboires ou les belles croix qui ornaient nos églises. Cela leur évite d'être volés, détruits ou fondus pour en récupérer le métal. Parfois, le Christ se dissimule sous un tas de paille, dans la mangeoire d'une vache. D'autres fois, on le découvre dans une trappe aménagée derrière la lourde plaque de fonte d'une cheminée. J'ai même vu une maman recoudre tous les boutons de bois des vêtements de ses enfants pour que les fils s'entrecroisent et forment de minuscules croix du Christ ! Les petits étaient si drôles, bombant le torse devant les soldats, comme une ultime bravade !
Depuis que j'ai prévenu l'abbé Bonnet, je n'ai plus cessé de recueillir des informations. J'en suis infiniment heureuse. Je commence à faire

une bonne espionne ! Je ne me cantonne plus à la seule salle du Comité, où les hommes sont décidément trop peu bavards. Ils mangent et ne pensent à rien d'autre quand je suis là. C'est à désespérer. Au-dehors, en revanche, dans les couloirs, les langues vont bon train. J'y vois là un autre avantage : je me fonds dans la foule et s'ils soupçonnent quelqu'un d'espionnage, ils m'identifieront plus difficilement.

Lorsque je détiens une information susceptible de sauver quelqu'un ou de préserver quelque objet liturgique, je me sens pousser des ailes. Je cours à droite et à gauche pour passer mes messages. Je ne préviens plus simplement les personnes en danger. Je dois parfois leur trouver moi-même un autre refuge. J'y suis arrivée par la force des choses. Voilà l'histoire.

Un jour, je m'en fus prévenir un jeune prêtre de l'arrivée imminente des forces de l'ordre. Il était bien dans sa cachette, mais blessé. Cet homme était beaucoup trop faible pour se débrouiller seul. S'il fuyait dans la forêt, il aurait été rattrapé tout de suite. J'ai donc dû lui trouver un nouveau lieu d'accueil où, en plus, il pourrait être soigné. À l'heure qu'il est, ce jeune prêtre se remet lentement de ses blessures. Portez-le dans vos prières. Il s'appelle l'abbé Joubert.

Dans l'une de mes précédentes lettres, je vous disais que je ne savais jamais à qui je pouvais parler et de qui je devais me méfier. Mais, à force de prévenir les gens çà et là, j'ai appris à connaître ceux qui restent fidèles au Christ. Et puis, je les vois à la messe.

C'est là l'une de mes grandes joies aujourd'hui : la messe. Enfin, je peux y assister de temps à autre. La cérémonie est toujours clandestine mais elle n'en est que plus belle. Alors la ferveur de la communauté est immense. Rien de tel que le danger pour souder davantage les croyants entre eux et les faire tous communier à la même prière. Lorsque j'assiste à la messe dans une grange, une clairière ou un poulailler tout infesté de salissures, je prie pour vous, Élisabeth. J'ai toujours sur moi, épinglée dans mon corsage, la prière de nos parents que nous nous étions promis de réciter chaque jour en pensant l'une à l'autre.

« Gardez-nous toujours unis, Seigneur.
Unis à Vous et à votre Église.
Unis à ceux qui nous ont précédés dans votre Paradis.

Gardez-nous toujours fidèles, Seigneur.
Fidèles à Vous et à votre Église.
Fidèles à la prière et aux sacrements.

Gardez-nous toujours auprès de Vous, Seigneur,
Pour que jamais nous ne ressentions la tristesse
d'être séparés de ceux que nous aimons.
Et protégez-nous, Seigneur.
Ainsi soit-il. »

Que le Seigneur vous garde, chère Élisabeth.

Charlotte

# XI

Lorsque Constance termine enfin sa prière et rejoint son amie sur le parvis de l'église, elle la trouve tout ébranlée.

– Qu'y a-t-il ? lui demande-t-elle un peu inquiète.

– Cette prière..., murmure Émilie. Je la connais.

– Quelle prière ?

– Celle que vous récitiez tout à l'heure, dans la basilique.

– L'*Ave Maria* ? interroge Constance.

– Non, l'autre !

– Le *Pater Noster* ?

– Non plus !

Constance réfléchit, tente de se rappeler ce qu'elle vient de dire dans sa longue conversation avec le Seigneur.

– La prière de maman ? demande-t-elle.

– Je ne sais pas, dit Émilie, désemparée. Vous savez bien que je n'y connais rien !

– Gardez-nous toujours unis, Seigneur. Unis à vous et à votre Église, récite Constance pour aider son amie. Unis à ceux qui nous...

– Oui ! Celle-ci ! l'arrête aussitôt Émilie. Je la connais ! lance-t-elle d'un air triomphant.

– Eh bien, vous voyez, plaisante Constance. Vous en savez plus sur la religion que vous ne voulez bien l'avouer !

– Non, réplique Émilie. Je l'ai lue quelque part. Dans les lettres de Charlotte...

Constance écarquille les yeux sous l'effet de la surprise.

– C'est impossible ! dit-elle. C'est une prière de famille. Maman me la récitait chaque soir. Autrefois, sa mère la lui murmurait à l'oreille au moment de la coucher. Avant sa mort, elle avait même fait promettre à mon grand-père de continuer de la dire à maman, tous les soirs.

Émilie retient sa respiration. C'est la première fois depuis deux jours qu'elle découvre quelque chose qui puisse la rapprocher de Charlotte.

– C'est là sans doute une prière très courante dans l'Église, dit-elle enfin, préférant ne pas s'emballer trop vite. J'ai bien appris, il y a longtemps, le *Pater Noster* et l'*Ave Maria*, comme tout le monde, mais en dehors de cela je ne connais rien d'autre. Je suppose que vous n'êtes pas les seuls à connaître ce petit texte.

Constance bat des mains.

– Je crois bien que nous venons de retrouver la première trace de vos mystérieuses sœurs Espérance, lance-t-elle.

– Vous êtes sûre ? demande Émilie. Cette prière...

– ... est une prière de famille, répète Constance. Cette prière se transmet de mère en fille depuis des générations ! Oh, Émilie, c'est passionnant ! Voulez-vous bien me montrer ces lettres ?

Assises à l'arrière de la voiture à cheval, Émilie et Constance échafaudent mille plans pour découvrir ce que sont devenues Charlotte et Élisabeth d'Espérance. Absorbées dans leur conversation, elles n'ont pas vu qu'elles étaient arrivées à destination. Ce sont des cris dans la rue qui attirent leur attention. Un attroupement se tient devant la maison de madame Décochet et sa fille.

– Cette femme est une voleuse ! accuse une voix qui s'élève au-dessus du brouhaha ambiant.

Émilie ne peut réprimer un frisson. Monsieur Druon ! Il n'avait pas mis bien longtemps à les retrouver.

Émilie et sa mère ne fuyaient pas lorsqu'elles avaient quitté leur ancienne maison. Au contraire, elles auraient aimé y rester. Leur unique consolation avait été de se dire qu'elles n'auraient plus monsieur Druon pour voisin. L'homme était odieux. Du temps de son père, il l'accusait sans cesse de lui avoir volé un ridicule bout de terrain entre leurs deux jardins. Personne n'était capable de déterminer à qui appartenait ce lopin de terre, mais, le mur du jardin des Décochet incluant ce minuscule arpent, on avait fini par admettre qu'il était rattaché à leur maison. Seul monsieur Druon soutenait le contraire depuis l'installation de la famille dans les lieux. Il n'en avait jamais démordu.

Émilie aperçoit sa mère effondrée sur le perron de leur nouvelle maison.

– Mais, monsieur Druon, supplie-t-elle.

– Vous êtes une voleuse ! grogne l'affreux bonhomme, dont le ventre proéminent risque à tout moment de le faire basculer vers l'avant. Vous avez vendu la maison avec MON lopin de terre. Vous devez me rendre MON argent !

– Mais monsieur, répète madame Décochet, impuissante.

– Cette femme est une voleuse ! serine le gros voisin rougeaud et postillonnant.

Les passants qui se sont massés devant la maison tentent de le calmer.

– Monsieur, voyons ! le sermonne un homme à l'allure élégante.

– Je sais ce que je dis ! hurle de plus belle monsieur Druon.

– Sans doute, sans doute, tempère le passant. Mais laissons la justice en juger.

– La justice, c'est moi !

Monsieur Druon est en effet avocat à la cour. D'ailleurs, il se vantait sans cesse auprès du père d'Émilie de bien connaître le président du tribunal. Lequel président avait finalement donné raison aux Décochet ! Monsieur Druon n'avait jamais accepté le jugement. Depuis, il poursuivait de ses jérémiades le père d'Émilie, et maintenant sa mère.

Debout sur le perron, madame Décochet est d'une pâleur effrayante. Dans la foule, quelqu'un parle d'appeler les forces de l'ordre. Monsieur Druon l'entend sans doute, car il se calme subitement et tourne les talons avec rage. Lorsqu'il arrive à la hauteur de Constance et Émilie, il reconnaît la jeune fille. Il se penche alors à son oreille d'un air mauvais et lui crache :

– Je reviendrai, ma belle. Je reviendrai !

La Rochelle, le 15 mars 1793

Ma chère Élisabeth,

Je ne sais ce que vous entendez en Angleterre à propos de notre pays. On vous raconte sans doute bien des atrocités. Elles existent, malheureusement, mais je perçois un peu mieux chaque jour le malheur de notre peuple. Je ne peux me résoudre à condamner tous ces gens, sans distinction.
Je vous écrivais déjà quelques lignes à propos des enfants. Surtout, ma sœur, gâtez ceux que vous rencontrez. Si le Ciel vous met sur la route de quelque enfant pauvre et abattu, donnez-lui toujours une pièce. Et si vous n'en avez pas, laissez-lui l'une de vos broches, une perle ou simplement un ruban. Il saura le revendre et ces quelques sous lui permettront de manger à sa faim.
Le sort des enfants ici est terrible. Beaucoup ne mangent pas assez. En les voyant si maigres, je réalise le désespoir de leurs mères. Je comprends que certaines soient prêtes à tout pour un quignon de pain. Voilà toute l'horreur de cette révolution. On tient les gens par la terreur et par la faim. Au fond, la très grande majorité de ceux qui m'entourent est bonne. Ils sont simplement abominablement pauvres, et c'est ce qui les rend parfois si sauvages.
En revanche, il existe de vrais méchants, de ces personnages dont la seule présence suffit à me glacer d'effroi. Le citoyen Maubert en

est un. Il me répugne. Il est gras, visqueux même. Il a les cheveux longs, qu'il attache en catogan, par coquetterie sans doute. Cela ne fait que souligner la peau adipeuse de son front.
Le citoyen n'est pas beau, mais c'est surtout le cœur qu'il a très laid. Il se délecte à l'idée d'arrêter de nouveaux prêtres. Il semble que même les prêtres qui ont signé la Constitution civile du clergé ne trouvent guère plus grâce à ses yeux. Et pour connaître des noms ou des cachettes, le citoyen Maubert est capable de tous les plus ignobles chantages. Certains, dans son dos bien entendu, le surnomment le citoyen « Donnant Donnant », car sa phrase préférée est « Du pain contre un nom ! ». Il presse les pauvres gens à se trahir les uns les autres, à seule fin d'obtenir un peu de nourriture. C'est abject ! Y penser simplement me donne la nausée.
Pour ma part, j'ai la chance de pouvoir manger presque à ma faim. Le travail en cuisine y est pour beaucoup. Si l'on me prenait à voler quelque chose dans les réserves, je serais renvoyée sur-le-champ. En revanche, avec Françoise, nous pouvons terminer les plats de ces messieurs du Comité. Ils ne laissent jamais grand-chose, mais cela nous suffit. Souvent, nous en gardons même quelques morceaux, que nous donnons à ceux que nous croisons. À notre façon, nous contribuons à diminuer le nombre de victimes du citoyen Maubert.
Je souhaiterais ne jamais avoir affaire à cet être épouvantable. Je crains cependant de n'avoir pas le choix. C'est auprès de lui que l'on apprend le plus de choses. C'est également lui qui envoie le plus de monde à l'échafaud. Priez pour que le Seigneur me préserve de sa hargne !
Dieu veille sur vous !

Charlotte

La Rochelle le 8 avril 1793

Ma chère Élisabeth,

Vous pouvez être un peu rassurée sur mon sort aujourd'hui. J'ai un allié au sein du Comité ! C'est en allant à une messe clandestine que je l'ai découvert. Je n'avais encore jamais vu le prêtre qui officiait ce jour-là. Pourtant, plus je le regardais et plus sa silhouette me semblait familière. À la fin de la messe, lorsqu'il s'est retourné une dernière fois vers nous pour nous envoyer, j'ai compris ! Il était celui qui, chaque jour, apportait les missives aux membres du Comité ! Tout le monde le connaissait sous le nom d'Auguste Bonvent. Je venais de découvrir son identité cachée : l'abbé Bonvent.

Vous ne pouvez imaginer, chère Élisabeth, comme cette découverte m'a réchauffé le cœur. Je ne suis plus seule à supporter les railleries douteuses sur la religion ou à entendre parler de choses affreuses contre lesquelles je ne puis rien faire. L'abbé Bonvent vit les mêmes tourments que moi. Il nous arrive d'en discuter secrètement lorsque l'occasion se présente. Il est bon d'épancher son cœur parfois. Dans les moments de découragement, c'est indispensable.

Mais, surtout, nous pouvons allier nos forces pour venir au secours de ceux qui en ont besoin.
Vous seriez fière des quelques tours que je joue à ces révolutionnaires qui m'entourent. Si la situation n'était pas aussi dramatique, nous nous en amuserions toutes les deux. Laissez-moi vous conter l'un d'entre eux.
Il y a une semaine, madame Leveneur, ma voisine, a attrapé une vilaine toux. Le mal a très vite empiré, et il est devenu évident que la pauvre femme ne s'en remettrait pas. Je savais, pour l'avoir rencontrée plusieurs fois à la messe, que madame Leveneur était une fervente chrétienne. Mais l'amour n'a pas de règles : elle s'était éprise d'un révolutionnaire dont elle était devenue l'épouse. Il refusait d'entendre parler de religion et lui avait interdit de voir des prêtres ou de fréquenter ses anciens amis avec lesquels elle allait d'ordinaire à l'église. Si elle continuait de vivre sa foi, c'était en cachette.
La détresse de cette femme m'a émue. Je l'imaginais, agonisante, et ne pouvant pas même recevoir l'extrême-onction avant de rejoindre notre Seigneur. Je suis donc allée frapper chez elle, accompagnée d'un médecin pour lui apporter un peu de réconfort. Lorsqu'il m'a ouvert, l'époux de madame Leveneur m'a dévisagée d'un air dubitatif. Mais lorsqu'il a vu le médecin qui m'accompagnait, il a semblé soulagé. Sa femme souffrait tant depuis deux jours qu'il ne savait plus que faire. Il nous a finalement faits entrer et nous a menés à sa chambre, nous laissant seuls avec elle. C'était plus que nous lui en demandions.
Une fois le mari sorti, le médecin a repris sa véritable identité.

L'abbé Bonvent a ainsi pu donner à madame Leveneur les derniers sacrements. Je tenais, cachés sous ma cape de grosse laine, l'huile des malades et le corps de notre Sauveur. À un moment, j'ai dû sortir pour occuper l'époux, qui menaçait d'entrer dans la chambre. Nous avons discuté un moment. La maladie de sa femme le minait. Il était désemparé. Pendant ce temps, l'abbé Bonvent achevait son office. Lorsqu'il eut terminé, nous sommes repartis en prodiguant quelques vrais conseils médicaux au brave homme pour adoucir les derniers instants de sa femme. Ayant reçu les sacrements et s'étant confessée, madame Leveneur pouvait partir maintenant. Elle est morte la nuit suivante. Paix à son âme !
Savez-vous qu'ils rebaptisent ici toutes les rues et les lieux dont les noms ne leur plaisent pas ? Ainsi, l'île au large de La Rochelle ne s'appelle plus Ré, mais l'« île Républicaine ». Notre demeure a-t-elle également changé de nom ? Je ne le pense pas. Du moins, personne n'en a jamais parlé ici.
Il se fait tard, et je dois me lever tôt demain pour confier cette lettre à un ami qui accepte de l'expédier pour moi.
Priez ! Priez toujours !

Charlotte

# XII

– Émilie ?

Constance secoue doucement le bras de son amie, qui s'est figée juste après le passage de monsieur Druon.

– Émilie ! répète-t-elle. Qu'est-ce que vous avez ?

La jeune fille sort de sa torpeur.

– Vous l'avez entendu ? demande-t-elle à Constance.

– Qui ?

– Monsieur Druon, notre ancien voisin.

– Le gros monsieur qui hurlait à l'instant ?

– Oui. Avez-vous entendu ce qu'il m'a dit ? redemande Émilie.

– Non. Pourquoi ?

– Il m'a dit : « Je reviendrai ! »

– Cela ne m'étonne pas, remarque Constance. Il avait l'air tellement remonté que je doute qu'il s'en tienne là.

Émilie frissonne.

– Cet homme me terrorise, avoue-t-elle à son amie. Depuis que je suis toute petite, je le déteste. Il arrivait chez nous à l'improviste, nous épiait par-dessus le mur du jardin, menaçait sans cesse mon père et nous envoyait des courriers incendiaires.

– Charmant !

– Et s'il revenait vraiment…, s'inquiète Émilie.

– Vous êtes à l'abri dans cette maison, la rassure son amie avant de changer de conversation pour détourner son attention. Laissez-moi vite aller saluer votre mère et présentez-moi cette Charlotte !

Dans la chambre où sont montées les deux jeunes filles, le silence est total. C'est à peine si l'on entend Constance tourner les feuillets qu'elle tient entre les mains. Elle est si absorbée dans sa lecture qu'elle en a presque oublié tout ce qui l'entoure.

– C'est bouleversant, dit-elle enfin en refermant la dernière lettre, près de deux heures plus tard.

– N'est-ce pas passionnant ? surenchérit Émilie, fière de sa découverte.

– Quel courage ! s'émerveille Constance. Mettre sa vie en danger au nom du Christ…

Émilie la regarde.

– Je n'avais pas vu les choses sous cet angle, avoue-t-elle.

– C'est ce qui me touche le plus au contraire ! lance Constance. Charlotte d'Espérance veut sauver des prêtres, aider des chrétiens, cacher des croix, des ornements liturgiques !

Émilie se tait. Là où elle n'avait vu qu'un formidable récit d'aventures, son amie découvre un témoignage de foi. Elle ne saurait dire pourquoi, mais cette soudaine rencontre avec des personnes croyantes l'intrigue et la réconforte à la fois.

– Feriez-vous la même chose ? demande-t-elle à Constance.

– De quoi parlez-vous ?

– Seriez-vous capable de vous mettre en danger pour Dieu ?

Constance soupire :

– J'aimerais…

Émilie ne comprend pas.

– Comment peut-on accepter de courir des risques pour Dieu ?

– Si quelqu'un venait à parler mal de votre père ou s'il salissait sa mémoire, n'auriez-vous pas envie de le défendre de toutes vos forces ? l'interpelle Constance. Ne seriez-vous pas prête à vous battre contre cette personne, à lui faire mordre la poussière ?

– Bien sûr ! s'enflamme Émilie. Mais cela n'a rien à voir. Il s'agit de mon père, pas de Dieu.

– Vous vous trompez, dit simplement Constance. Car Dieu est comme un père pour moi… et pour vous aussi.

La Rochelle, le 30 avril 1793

Ma chère Élisabeth,

Si seulement je pouvais tout abandonner, vous rejoindre en Angleterre et oublier... Mais à quoi me servirait-il de partir loin quand je sais que je ne pourrai jamais effacer ce qui vient de se passer ?
L'abbé Bonvent a été arrêté !
Quelqu'un l'a surpris faisant son signe de croix devant un vieux calvaire, et il l'a dénoncé. Le brave homme ne se méfiait pas. Lorsqu'il fut arrêté, il portait sur lui son livre de prières et un chapelet. L'épouvantable citoyen Maubert en bavait de plaisir lorsqu'on a conduit à son bureau le pauvre abbé démasqué.
Je vous épargnerai, ma chère sœur, le récit des tortures infâmes que ce prêtre et ami a subies. Maubert a tout essayé pour tenter de le faire parler. Il voulait des noms, des lieux, des dates ! Il n'a rien obtenu de tout cela. L'abbé Bonvent est resté muet malgré les coups, les menaces et les mutilations. Il a protégé ceux et celles qu'il connaissait et qui restaient fidèles à notre Seigneur. Il m'a protégée, moi qui me cachais au milieu des sans-culottes, comme lui. Il n'a pas parlé... et il ne parlera plus ! Le citoyen Maubert, fou de rage, a ordonné que l'on achève le bon abbé. Qu'il repose en paix maintenant !

J'ai peur, Élisabeth. Je vous l'avoue, je suis terrifiée. Et si l'on me dénonçait moi aussi ? Et si l'on m'arrêtait ? Serais-je capable de me taire comme l'abbé Bonvent ? Aurais-je le courage nécessaire pour supporter la torture sans demander grâce ? Je n'en suis pas certaine. Non, je ne le crois pas.

L'arrestation et la mort de l'abbé Bonvent m'ont permis de réaliser combien conserver certaines choses avec moi pouvait se révéler dangereux. J'ai donc décousu la prière que je gardais dans mon corsage. Notre prière... Celle-ci, ils ne la trouveront pas. Je l'ai brûlée dans ma cheminée, mais elle est inscrite dans ma mémoire. Je me suis également débarrassée de mon chapelet. Je suis allée l'enterrer dans un endroit où personne ne viendra le chercher. Quel déchirement ! Ce chapelet que maman m'avait offert m'était si précieux ! Sans lui, je ne sais si je parviendrai encore à prier. Pourtant, il le faut. Pour la mémoire de l'abbé Bonvent et pour la gloire de Dieu.

Priez pour les martyrs !

Charlotte

Lorsque j'ai commencé cette lettre, j'étais désespérée. Mais je viens d'avoir la preuve, ma chère sœur, que le Seigneur ne permet pas que nous restions accablés longtemps. En pleurant dans mes mains après vous avoir écrit, je les ai regardées et j'ai compris : Dieu m'a donné ces mains pour continuer de prier, toujours. Je n'y avais jamais pensé auparavant : j'ai dix doigts, autant que les grains d'une dizaine de chapelet !

# XIII

Émilie regarde ses mains. Elles sont fines et menues. Les mots se bousculent dans sa tête : « Dieu m'a donné ces mains » ; « Même si vous voulez avoir un grand-père pour singe, vous êtes l'œuvre de Dieu ! » ; « Dieu est comme un père » ; « Je sais que Dieu est toujours auprès de moi » ; « Le Seigneur ne permet pas que nous restions accablés longtemps ».

Les mots de Constance, de madame Cerisaie, les lettres de Charlotte… Tout cela s'entremêle, la trouble au-delà de ce qu'elle imaginait. L'une et l'autre partagent la même confiance en un Dieu qu'Émilie ne connaît pas. Elle croyait son père, qui ne voulait compter que sur lui-même. Elle découvre un Dieu qui soutient, donne du courage, console. Elle écoutait son père, qui évoquait un dieu inventé par des esprits faibles pour les dispenser de réfléchir et de prendre leur vie en main. Elle vient de rencontrer des chrétiennes épanouies et engagées dans leur temps.

Assise sur le lit, Constance étudie les lettres de Charlotte d'un air très sérieux. Comme son amie avant elle, elle tente de découvrir quelque indice qui leur permettrait d'avancer.

– Voulez-vous bien m'aider ? lui demande Émilie.

– Bien sûr, c'est excitant ! répond Constance aussitôt. Vous aviez raison, ajoute-t-elle en tendant à Émilie une lettre de Charlotte. Il s'agit bien de la prière que je récitais ce matin.

– Êtes-vous sûre que personne ne la connaisse en dehors de votre famille ?

– Je ne le pense pas, répond Constance. Mais je ne saurais être catégorique. Maman m'a toujours dit qu'il s'agissait d'une prière propre à notre famille, et je n'ai jamais entendu quelqu'un d'autre la réciter. Cette prière et la présence des lettres dans la maison de mon grand-père indiquent qu'il existe un lien entre Charlotte d'Espérance et ma famille. Reste à découvrir lequel...

– Vous avez sans doute raison, acquiesce Émilie. De toute façon, c'est notre seule piste.

– Je propose que nous commencions par étudier l'arbre généalogique de maman ! suggère Constance.

Émilie rassemble les lettres. L'enquête s'annonce passionnante...

# XIV

– Rien ! Rien de rien !

Constance s'agace. Elle relit pour la centième fois toute la généalogie de sa famille. À côté d'elle, elle a posé le petit papier rédigé la veille avec Émilie. Elles ont dressé la liste des personnes ayant rencontré Charlotte d'Espérance durant ces années 1792 à 1794 et susceptibles d'avoir conservé quelque chose d'elle. Mais aucun de ces noms ne figure sur l'arbre généalogique de madame Cerisaie. Que ce soit du côté de son père ou de sa mère, il n'y a aucune Charlotte, aucune Élisabeth, et les quelques prêtres que l'on trouve sur les branches de l'arbre n'ont rien à voir avec ceux cités par Charlotte.

Du côté du père de madame Cerisaie, la filiation est longue. Les premières traces de la famille datent du XVe siècle. Du côté de sa mère, l'arbre est beaucoup plus restreint. Le plus lointain ancêtre que Constance puisse trouver remonte à la fin du XVIIIe siècle, à l'époque même où Charlotte d'Espérance vivait.

Constance est déçue. Elle aurait aimé apporter à son amie une nouvelle d'importance. Au lieu de cela, elle n'a qu'une liste de noms rayés à lui présenter.

Lorsque Constance et Émilie se retrouvent, accompagnées chacune de leur chaperon, il est déjà quatre heures de l'après-midi. Les portes du Parc de la Tête d'or sont encore ouvertes, mais la plupart des animaux du zoo sont rentrés. Il fait froid. Les espèces exotiques ne supportent pas les fins de journée glaciales.

– Alors ? demande Émilie pleine d'espoir.

– Rien ! s'excuse Constance. J'ai pourtant tout décortiqué.

– J'aurais bien volontiers fait sauter mon cours de latin pour être avec vous, remarque Émilie. Mais le précepteur est le seul vrai luxe que maman continue de m'offrir. Les études étaient si importantes pour papa...

Émilie repense à son père, si avide de connaissances. Il nourrissait de grands projets pour sa fille chérie.

– Je refuse qu'Émilie ressemble à ces femmes que l'on expose comme des gravures de mode dans les salons et que l'on empêche de parler pour ne pas entendre qu'elles ont la tête vide ! disait-il.

Émilie se souvient d'une conversation que ses parents avaient eue à propos du précepteur choisi par son père.

– C'est un excellent professeur, le plus compétent que j'aie pu trouver, avait-il expliqué à sa femme.

– Mais son salaire est si élevé !

– Je n'instruirai pas ma fille au rabais, avait alors répliqué son père.

Maintenant que les femmes étaient autorisées à s'asseoir sur les bancs de l'université, monsieur Décochet rêvait de voir sa fille devenir médecin, avocat, chercheur !

– Vous m'écoutez ?

Constance tire Émilie de sa rêverie.

– Vous disiez ? s'excuse Émilie.

– Peut-être pourrions-nous écrire une lettre au château de l'Espérance..., suggère Constance.

– Mais nous ne savons même pas s'il existe encore ! proteste Émilie.

– Nous n'avons rien à perdre à essayer, insiste Constance.

La jeune demoiselle Cerisaie fait signe à Ernestine, qui la suit à quelques pas de distance.

– Ernestine, nous rentrons à la maison. Il fait trop froid.

La petite troupe s'apprête à sortir du parc lorsqu'un homme y entre en trombe, manquant de renverser Émilie sur son passage.

– Pardon, mademoiselle ! s'empresse-t-il de s'excuser en soulevant son chapeau.

Émilie se redresse, relève la tête et se fige. Monsieur Druon lui adresse un sourire carnassier.

– Je ne pensais pas que nous nous retrouverions si tôt, susurre-t-il d'une voix mielleuse. Vous présenterez mes hommages à madame votre mère...

Sans lui laisser le temps de répliquer, l'homme reprend sa route d'un pas pressé et disparaît derrière les arbres. Émilie est pétrifiée.

– Venez ! dit Constance en lui saisissant le bras. Venez ! insiste-t-elle. Il était là par hasard.

# XV

*Madame, Monsieur,*

*De récentes recherches dans des archives nous ont mis sur la trace du château de l'Espérance à l'époque de la Révolution française. Étant dans l'impossibilité de nous déplacer jusqu'à La Rochelle, nous aurions aimé savoir ce qu'il est advenu de ce château et de ses anciens propriétaires.*
*Nous espérons que ce courrier ne vous importunera pas et que vous pourrez y donner suite afin de nous aider dans notre lent travail d'enquête.*
*Veuillez recevoir, Madame, Monsieur, l'expression de nos respectueuses salutations.*

*Émilie Décochet, Constance Cerisaie*

Émilie tend la lettre à son amie, qui la relit une dernière fois. Elle la glisse dans une enveloppe et appose un timbre sur le côté. Puis elle écrit de sa plus belle plume :

*Château de l'Espérance*
*La Rochelle*

# XVI

– Que se passe-t-il, maman ?

Madame Décochet attend sa fille dans le salon, très inquiète.

– Tu n'as pas lu les journaux ? lui demande-t-elle.

– Non. Pourquoi ?

Madame Décochet ne répond pas. Elle glisse le journal du jour sur la table et pointe un petit article du doigt. Émilie le lit sans attendre :

**« LE TUEUR A ENCORE FRAPPÉ**

**LE MYSTÉRIEUX TUEUR A FAIT UNE NOUVELLE VICTIME. POUR LA TROISIÈME FOIS, UNE JEUNE VEUVE A ÉTÉ RETROUVÉE, POIGNARDÉE DANS SA MAISON. IL SEMBLERAIT QUE L'ASSASSIN AIT AGI COMME LES DEUX PRÉCÉDENTES FOIS. APRÈS AVOIR REPÉRÉ L'ANNONCE DU DÉCÈS DE MONSIEUR H. DANS LA RUBRIQUE NÉCROLOGIQUE DU *LYON-RÉPUBLICAIN*, IL S'EST INTRODUIT CHEZ SA VEUVE ET L'A POIGNARDÉE DANS SON SOMMEIL. IL EST REPARTI AVEC LES QUELQUES BIJOUX LAISSÉS SUR**

**SA TABLE DE CHEVET PAR LA PAUVRE VICTIME.**
**LA POLICE EST SUR LES TRACES DE CET HOMME QUI LES NARGUE DEPUIS PRÈS D'UN MOIS. CELUI QUE L'ON SURNOMME DÉJÀ "L'ASSASSIN DES VEUVES" N'A, CETTE FOIS-CI ENCORE, LAISSÉ AUCUN INDICE DERRIÈRE LUI. »**

Émilie réprime un frisson.

– Je ne veux pas que tu rentres tard le soir, déclare sa mère.

– Mais il n'est pas tard, proteste Émilie.

– Il fait noir dehors. Je n'aime pas cela !

– Et je ne suis pas veuve ! ajoute Émilie.

La jeune fille se mord la lèvre. Elle n'aurait pas dû dire cela.

– Pardon, maman, dit-elle.

Madame Décochet la regarde avec tendresse.

– Je sais, ma chérie. Mais je ne voudrais pas qu'il t'arrive quelque chose. Et puis, j'ai peur moi aussi. Je veux pouvoir fermer la maison à double tour dès que la nuit tombe.

Émilie hoche la tête. Elle comprend.

– Cette histoire m'effraie, poursuit sa mère. J'ai moi aussi fait paraître l'avis de décès de ton père dans le *Lyon-Républicain*. Qui sait si ce criminel ne me surveille pas…

La voix de madame Décochet se brise.

– Maman !

Émilie s'approche de sa mère et l'entoure de ses bras. C'est la première fois depuis la mort de monsieur Décochet que la mère et la fille expriment leurs sentiments. Émilie avait oublié comme il est doux de pouvoir se réfugier près de sa mère.

– Mais nous avons déménagé, essaie-t-elle de la rassurer. Il ne saura pas nous retrouver.

– Oui, oui, tu as raison, murmure madame Décochet. Tu as raison, nous ne sommes pas en danger…

La Rochelle, le 5 juin 1793

Ma chère Élisabeth,

Je ne vous ai pas écrit depuis longtemps, j'en suis désolée. J'espère que vous ne vous êtes pas inquiétée, surtout après la triste lettre que je vous ai envoyée le mois dernier.
Depuis la mort de l'abbé Bonvent, je redouble de prudence. Je vis sans cesse dans la peur. Je me sens épiée, observée. J'ai l'impression que l'on va venir m'arrêter à tout instant. Une menace plane au-dessus de ma tête, sourde, terrible... N'est-il pas temps de partir ? Si je ne me sentais pas utile ici, il y a bien longtemps que je serais venue vous rejoindre. Mais j'ai la faiblesse de penser que mon travail n'est pas vain. Hier encore, j'ai pu prévenir à temps trois jeunes prêtres que des soldats allaient venir chercher. Le mois dernier, ce sont dix moines qui ont pu embarquer sur un bateau pour l'Angleterre grâce aux informations que j'avais fournies.
Avec le temps, je deviens de plus en plus efficace. Je me suis attiré la sympathie de bon nombre de révolutionnaires. Je sais me montrer aimable et prévenante à leur égard. Parfois, je les flatte. Et, surtout, je les aide. Le gros citoyen Maubert, par exemple, s'est découvert une passion pour moi. Dieu seul sait à quel point cet être

me dégoûte mais, auprès de lui, j'en apprends plus que partout ailleurs au Comité.
Maubert est détenteur d'un secret qu'il ne tient pas à voir ébruiter. Le sinistre personnage sait à peine lire et écrire, comme beaucoup d'autres ici d'ailleurs. Mais son statut ne lui permet pas d'en convenir. Il doit faire illusion. J'ai donc fait savoir que j'avais été élevée jadis avec les jeunes filles du château de l'Espérance et que j'avais pu profiter de leur éducation. Lorsqu'il a appris que je savais lire et écrire parfaitement, il a tenu à m'avoir comme secrétaire particulière.
Les ordres que je dois retranscrire me glacent d'effroi, ma chère sœur. Je prie le Seigneur de me pardonner chaque fois que ma plume doit envoyer quelqu'un en prison ou sur l'échafaud. Hélas, je ne peux pas sauver tout le monde. S'il m'arrive de faire égarer quelque ordre, ou de me tromper délibérément dans le texte de la sentence, je ne peux faire cela à tout moment. Je me ferais repérer alors, et je perdrais le soutien – ô combien détestable mais précieux – de Maubert. Je ne pourrais plus aider personne.
Et vous, chère Élisabeth, que faites-vous ? Avec qui dînez-vous ? Vous êtes-vous fait faire de nouvelles robes ? On dit les couturières anglaises fort habiles. Faites-vous des rencontres agréables ? J'aimerais tant pouvoir parler avec vous de ces quelques futilités dont je suis privée aujourd'hui. Je regrette le temps où nous pouvions vivre sans nous soucier du lendemain. Je vous avoue que je rêve parfois de larges robes, de chaussures fines et de draps doux. J'espère que nous pourrons un jour retrouver une époque plus légère.

Je rêve, Élisabeth, mais je sais aussi que jamais plus les choses ne seront comme avant. Nos parents nous avaient appris à nous occuper des plus pauvres que nous. En réalité, ils ne nous avaient rien montré de la vraie misère. Même si je remets un jour une robe de soie, je jure de toujours garder mon cœur sensible à la pauvreté de ceux qui m'entourent. Pour que cette horrible époque ne recommence plus jamais...
Je prie pour vous,

Charlotte

# XVII

Émilie peine à reconnaître son amie. Constance a coutume de porter des robes aux couleurs chatoyantes avec de savants ornements de rubans et de dentelles. Mais aujourd'hui la jeune fille est vêtue d'une longue robe beige à la coupe raffinée, certes, mais très simple. Un modeste ruban brun souligne sa taille et le décolleté. Par-dessus, elle a enfilé un ample manteau marron, sans ornements ni broderies. À côté d'elle, madame Cerisaie affiche la même discrétion que sa fille. Sa robe est rouge sombre, son manteau noir, son chapeau très discret. Toutes les deux portent un lourd panier chargé de victuailles.

– Émilie ! s'écrie Constance en apercevant son amie. J'avais oublié de vous prévenir. Je suis désolée.

– Me prévenir ? l'interroge Émilie.

– Maman et moi partons à la Société de Saint-Vincent-de-Paul.

Il semble à Émilie qu'elle a déjà entendu ce nom quelque part.

– Nous allons nous occuper des plus pauvres, lui explique madame Cerisaie. Nous faisons cela chaque vendredi matin.

– Puis-je vous accompagner ? demande Émilie, que la perspective de rester seule n'enchante guère.

– Oh, oui ! lance aussitôt Constance. Eugénie restera là avec Ernestine et vous nous servirez de chaperon, maman !

– C'est que..., toussote madame Cerisaie. Vous... Vous n'êtes...

– Maman, laissez-moi prêter à Émilie une tenue plus de circonstance, la coupe sa fille. C'est vrai que sa ravissante robe bordée de fourrure est un peu trop clinquante !

Sans attendre, Constance entraîne Émilie dans sa chambre. Avec l'aide de la fidèle Ernestine, elle lui choisit une robe violet foncé.

– Voilà qui sera mieux, dit-elle en regardant son amie enfiler sa tenue. Je supprime ce morceau de dentelle trop voyant et vous voilà prête !

– La Société de Saint-Vincent-de-Paul va au-devant des plus pauvres, lui explique madame Cerisaie dans la voiture. Elle a été créée il y a un peu plus de cinquante ans par un Lyonnais, Frédéric Ozanam. Il voyait dans cette œuvre un moyen de soulager ceux qui n'ont rien et de leur rendre leur dignité.

– Mais comment faites-vous ?

– Nous leur apportons de la nourriture, et des vêtements aussi parfois, poursuit madame Cerisaie. Mais, surtout, nous leur parlons comme à des êtres humains. Ces hommes et ces femmes sont si pauvres qu'ils deviennent invisibles aux yeux de notre société. En les écoutant et en discutant avec eux, nous leur montrons qu'ils ont leur place parmi nous.

Émilie reste silencieuse jusqu'à la fin du trajet. Elle se sent soudain si ridicule, si peu apte à faire ce genre de démarche. Tandis qu'elle descend de la voiture, un gros panier plein de nourriture dans les bras elle aussi, elle est terriblement intimidée.

– Que faut-il faire ? demande-t-elle à Constance.

– Venez avec nous, l'encourage son amie.

Ce que découvre alors Émilie la laisse sans voix. Jusqu'à maintenant, elle ne connaissait que les quartiers les plus riches de Lyon. Elle évoluait dans des rues bordées de magnifiques hôtels particuliers, de jardins admirablement entretenus et de magasins luxueux. Aujourd'hui, elle découvre des ruelles sordides où des familles s'entassent dans des maisons branlantes, minuscules et insalubres. Les grands boulevards ne sont qu'à quelques mètres de là, mais ici la misère et la détresse sautent à la gorge de ceux qui osent s'y aventurer.

– Je n'y arriverai jamais ! lance-t-elle à son amie alors qu'elles s'apprêtent à entrer à la suite de madame Cerisaie dans l'un de ces logements exigus.

Constance lui sourit.

– J'ai ressenti la même chose que vous la première fois. Je trouvais l'odeur épouvantable ! Mais vous verrez, vous vous y habituerez vite. Et puis, ces gens sont formidables !

Constance tend la main à son amie et l'attire à l'intérieur. La maison se résume à une seule pièce où s'entassent une mère et ses six enfants.

– Son mari est mort l'année dernière dans une usine de filature, chuchote Constance. Elle n'a rien pour vivre.

Émilie se retient de porter la main à son nez pour ne pas sentir cette terrible odeur de crasse qui semble imprégner les murs. Elle sent son estomac se soulever et cherche désespérément quelque chose à quoi accrocher son regard pour se changer les idées. Elle remarque alors un enfant, caché derrière sa mère, qui l'observe avec de grands yeux étonnés. Ses cheveux sont sales, sa peau est presque noire par endroits mais ses yeux sont d'un bleu si profond que le cœur d'Émilie se serre tout à coup. Au prix d'un gros effort, elle lui sourit. L'enfant lui retourne son sourire, magnifique ! Puis il vient glisser sa petite main dans la sienne en regardant d'un air gourmand ce qu'elle apporte dans son panier.

Les dernières appréhensions d'Émilie s'envolent aussitôt. La confiance et le sourire de cet enfant ont eu raison de son angoisse. Avec lui, elle plonge sa main dans le panier et en sort un morceau de pain. Constance et sa mère font de même, chacune de leur côté. Bientôt, la triste masure résonne de rires.

L'heure du déjeuner est largement passée lorsque Émilie repose enfin son panier vide. Elle est fourbue mais heureuse. Elle s'est sentie utile et cela lui a donné des ailes.

– C'est drôle, dit-elle à son amie. Je suis venue aider les autres et, au final, j'ai l'impression que c'est moi qui en ai le plus profité.

Constance éclate de rire.

– Eh bien dites-moi ! Je crois que nous avons fait une nouvelle recrue. Reviendrez-vous vendredi prochain ?

Émilie accepte sans hésiter.

Lorsqu'elle s'apprête à quitter le local de la Société de Saint-

Vincent-de-Paul, son regard est attiré par une phrase écrite sur le mur :

« Tout ce que vous faites au plus petit d'entre les miens, c'est à moi que vous le faites. »

Décidément, chaque fois qu'Émilie côtoie Constance, Charlotte d'Espérance n'est jamais loin !

La Rochelle, le 21 juin 1793

Ma chère Élisabeth,

« Tout ce que vous faites au plus petit d'entre les miens, c'est à moi que vous le faites. » Cette phrase de notre Seigneur ne cesse de me soutenir. Dans les moments de doute, c'est à elle que je m'accroche. Elle me rappelle que chaque fois que je viens en aide à quelqu'un, c'est comme si j'aidais le Christ lui-même et lui montrais mon amour.

Mais s'il est facile de voir le Christ dans les figures de prêtres que je secours, il l'est beaucoup moins dès lors qu'il s'agit de l'un de ces révolutionnaires qui m'entourent. Et pourtant, ma chère sœur, eux aussi ont besoin d'aide. Je m'en rends compte davantage tous les jours.

Il y a, non loin du port, une vieille femme qui vend du poisson à qui a encore suffisamment d'argent pour lui en acheter. Avec Françoise, nous passons souvent devant son minuscule étal, mais la marchandise semble si peu fraîche que nous n'osons jamais nous y arrêter. Nous imaginons sans peine les maux de ventre épouvantables que doivent provoquer ces poissons à l'œil vitreux et aux écailles ternies. De plus, la vieille femme est odieuse. Elle ne cesse

de marmonner toutes sortes d'injures sur les riches, les prêtres, les intellectuels...
Hier matin, dans les couloirs du Comité, j'ai revu cette femme. Elle n'avait plus rien de la harpie que nous croisions presque chaque jour. Coincée entre deux gardes, elle m'a semblée soudain toute ratatinée, fragile, affreusement vulnérable. On l'accusait d'avoir voulu empoisonner l'un des membres du Comité en lui vendant de la marchandise avariée. Que son poisson ait manqué de tuer quelqu'un, cela ne m'étonna guère. Mais que la vieille femme ait agi délibérément, j'en doutai. Elle était probablement comme tous ces gens, cherchant un peu d'argent pour subsister.
Les paroles du Christ me sont alors revenues en mémoire : « au plus petit d'entre les miens ». Cette femme d'ordinaire si désagréable était-elle une figure du Christ souffrant ? « C'est à moi que vous le faites », me soufflait le Christ. Alors, je l'ai défendue ! J'ai plaidé sa cause, arguant qu'elle ne l'avait pas fait exprès. Qu'est-ce qui a vraiment fait que les gardes l'ont laissée repartir ? Je ne le sais. Quoi qu'il en soit, le lendemain, elle était de retour sur le port, du poisson défraîchi devant elle, et des mots toujours aussi épouvantables à la bouche.
Comme il est difficile de voir le Christ même parmi nos ennemis !
Élisabeth, je vous livre là le fruit de mes pensées, comme si vous étiez à mes côtés et que nous parlions librement comme autrefois. Je connais votre bonté et je sais que vous auriez agi de la même manière. Vous auriez même été plus loin sans doute. Vous auriez acheté du poisson à cette femme, dès le début, ne voyant que sa détresse. Parfois, très souvent même, je pense à vous et je me

demande quelle serait votre réaction. Vous m'aidez à prendre des décisions plus justes.
Dieu vous garde,

Charlotte

Je vais très certainement me rendre au château de l'Espérance dans quelques jours. J'ai peur de ce que je vais y découvrir. Madeleine et Louis sont-ils encore en vie ? Je ne le sais même pas. J'espère au moins pouvoir récupérer quelques-unes de vos lettres. Il me tarde tant d'avoir de vos nouvelles !

# XVIII

La mère d'Émilie brandit une lettre sous les yeux de sa fille.

– Il ne peut plus rien contre nous ! lui dit-elle, victorieuse.

Il faut un moment à Émilie pour réaliser ce qu'il se passe. Elle a encore la tête pleine des sourires des enfants qu'elle vient de rencontrer, des regards implorants de leur mère, des gestes de remerciement et d'abandon. Elle est à mille lieues de ce qui préoccupe sa mère.

– Regarde ! insiste madame Décochet en lui tendant la feuille qu'elle agite dans tous les sens.

Émilie la saisit. Le papier est à en-tête du tribunal de la Ville de Lyon. Son président confirme la sentence déjà prononcée précédemment : le lopin de terre que monsieur Druon réclame à cor et à cri n'est pas de sa propriété. Il appartient aux Décochet. Ou, plutôt, il leur appartenait puisque madame Décochet vient de vendre leur ancienne maison.

– C'est formidable ! dit Émilie.

– Il ne peut plus nous réclamer d'argent, déclare sa mère.

Ses revendications ne peuvent aboutir. Ma chérie, applaudit-elle, nous sommes débarrassées de monsieur Druon !

Émilie pince les lèvres.

« Je n'en suis pas si sûre », pense-t-elle.

– Allons fêter cela ! propose sa mère. Je t'invite au restaurant.

– Je n'ai pas très faim, s'excuse Émilie.

– Vraiment ?

– En réalité, je préfère déjeuner ici.

– Madame Cerisaie t'aurait-elle déjà offert à déjeuner ?

– Oh, non ! s'écrie Émilie. Nous n'avons rien mangé du tout, je vous l'assure. C'est simplement ce que j'ai vu qui m'a coupé l'appétit.

Madame Décochet s'inquiète. Sa fille n'a jamais refusé un bon repas dans un restaurant de la ville. Du temps de son père, elle raffolait de leurs rendez-vous familiaux autour des plus fines tables de Lyon.

– Nous sommes allées à la Société de Saint-Vincent-de-Paul, explique Émilie. Nous avons distribué de la nourriture aux plus pauvres. C'était épatant, mais j'ai vu des personnes si miséreuses que je n'ai pas le cœur à aller dépenser de l'argent dans un restaurant chic.

Madame Décochet regarde sa fille avec émotion.

– Ton père admirait le travail de ces gens, murmure-t-elle.

C'était donc cela ! Émilie se souvenait d'avoir entendu parler de la Société de Saint-Vincent-de-Paul mais elle ne savait plus où ni à quelle occasion. C'est donc son père qui avait dû lui en parler.

– En faisait-il partie ? demande-t-elle à sa mère.

– Non ! Bien sûr que non ! s'exclame madame Décochet. Ton père les admirait mais il se méfiait aussi d'eux parce qu'ils étaient chrétiens.

– Papa les détestait donc tant que cela ?

Madame Décochet hésite. Elle cherche ses mots pour ne pas trahir la pensée de son mari.

– Je ne pense pas. Il ne les comprenait pas, c'est différent. Ton père était un esprit brillant. C'était un homme de raison. Il ne pouvait envisager que des personnes croient en quelque chose qu'elles ne voyaient pas : Dieu. Il trouvait un peu trop facile de tout expliquer par l'existence de Dieu. Pour lui, cela empêchait les gens de réfléchir.

– Et vous ?

Émilie observe sa mère. Jamais elles n'ont abordé ce sujet auparavant. Du temps de monsieur Décochet, une telle conversation aurait été inimaginable. Elles n'y auraient sans doute jamais pensé. Il était acquis, pour toute la famille, que la religion était inutile, voire dangereuse pour la liberté de conscience.

– Je ne sais pas, avoue finalement madame Décochet. Ce que disait ton père me semblait très juste. Je n'ai jamais cherché à le remettre en question. Mais aujourd'hui, maintenant qu'il n'est plus là, je regrette de n'avoir pas quelque chose sur quoi m'appuyer pour me soutenir. La raison n'explique pas la mort. Elle la constate et puis tout est fini.

En entendant sa mère parler, Émilie mesure le chemin qu'elle a parcouru depuis quelques jours. La découverte des lettres de

Charlotte, ses conversations avec madame Cerisaie ou avec Constance, cette matinée auprès des plus pauvres l'ont changée. La tristesse noire dans laquelle l'avait plongée la mort de son père s'est un peu dissipée, parce qu'elle a découvert quelque chose de plus grand qu'elle qui, imperceptiblement, lui redonne goût à la vie.

– Maman, commence Émilie. Est-ce trahir papa si je me renseigne sur la religion ? demande-t-elle d'une petite voix qui se brise.

– Non, ma chérie, la rassure sa mère. Non ! Ton père prônait la liberté de penser pour tous. Il ne la refuserait certainement pas à sa propre fille.

Émilie entraîne alors sa mère jusque dans sa chambre.

– J'ai quelque chose à vous montrer, lui dit-elle.

Assises côte à côte sur le grand lit d'Émilie, la mère et la fille lisent ensemble les lettres de Charlotte d'Espérance.

– C'est extraordinaire, murmure madame Décochet lorsqu'elle termine sa lecture. Tu as découvert là un témoignage historique passionnant.

– J'aurais aimé que papa le lise lui aussi, dit Émilie les yeux pleins de larmes.

– Je doute qu'il aurait apprécié tout ce qu'il y aurait lu ! tente de plaisanter madame Décochet pour dissiper rapidement la mélancolie de sa fille.

– Il est vrai que Charlotte d'Espérance est un peu trop royaliste ! s'exclame Émilie.

– Ce n'est pas étonnant quand on a été élevé dans un château.

– Cela n'empêche pas d'avoir sa propre opinion, rétorque Émilie.

– Il aurait fallu alors accepter de ne plus avoir de privilèges, répond madame Décochet.

– Je pense que Charlotte d'Espérance aurait pu l'accepter, la défend Émilie. Elle se rend compte de certaines injustices, des inégalités qui existent.

– La Révolution lui aura ouvert les yeux, admet madame Décochet.

Émilie et sa mère passent tout l'après-midi dans la chambre et ne cessent de discuter. Émilie raconte tout ce qui l'a touchée ces derniers temps : ces lettres, bien sûr, mais également la foi confiante de madame Cerisaie, le sourire de cet enfant pauvre, sa tristesse soulagée, ses questions...

Lorsque madame Décochet quitte enfin la chambre de sa fille, dehors, il fait déjà sombre. On vient de déposer sur le pas de la porte l'édition du soir du *Lyon-Républicain*.

La Rochelle, le 3 juillet 1793

Ma chère Élisabeth,

Il m'a fallu plusieurs jours pour me décider à vous écrire cette lettre. Je suis allée au château de l'Espérance...
Je ne sais que vous dire au risque de vous briser le cœur. Notre château est toujours là, je vous rassure, mais dans quel état ! Il n'aura pas fallu longtemps après notre départ pour que des pillards viennent le mettre à sac. Madeleine et Louis n'ont rien pu faire. Ils ont simplement cherché à protéger leur vie. Je les comprends.
Les meubles, les tentures, les bibelots... Presque tout a disparu. Le spectacle est désolant. J'espère seulement que ceux qui sont venus en ont fait bon usage. Je prie pour que nos richesses aient au moins contribué à rendre quelques familles moins démunies. Malheureusement, je n'en suis pas certaine. Nul ne sait qui s'est saisi de nos affaires. Ni pour quoi en faire.
Madeleine a bien failli me faire prendre ! Je venais avec un compagnon révolutionnaire pour faire état des récoltes autour de La Rochelle. Lorsque nous avons frappé à la porte du château, Madeleine est venue nous ouvrir. Ses yeux se sont agrandis comme des soucoupes quand elle m'a reconnue. Le citoyen qui m'accom-

pagnait m'a regardée d'un air soupçonneux. Il m'a fallu jouer la comédie, enlacer Madeleine en lui rappelant qui j'étais : la petite Charlotte Martin qui prenait ses leçons avec les demoiselles d'Espérance ! La pauvre femme n'y comprenait goutte, mais elle a senti le danger qui planait au-dessus de nos têtes. Elle a souri bravement et nous a fait entrer.
C'est Louis qui nous a apporté les chiffres des récoltes. Il ne m'a pas reconnue. Il ne voit presque plus rien, paraît-il. C'est peut-être mieux ainsi. Il continue de vivre dans l'illusion des beaux jours de l'Espérance.
J'espérais trouver au château quelques lettres de vous. Il n'y en avait pas. J'espère qu'il ne vous est rien arrivé. J'aurais tant aimé savoir ce que vous deveniez, ce que vous faisiez, là-bas en Angleterre. Si mon cœur me dit que vous êtes en vie, ma tête a besoin de preuves. Écrivez-moi, chère Élisabeth, je vous en prie. Dites-moi que vous allez bien ! Madeleine m'a promis de garder précieusement vos lettres en attendant que je trouve une nouvelle occasion de me rendre au château. Écrivez-moi ! Écrivez-moi !
Que le Seigneur vous protège !

Charlotte

# XIX

L'article dans le *Lyon-Républicain* n'est guère rassurant.

**« LE TUEUR NARGUE LA POLICE…**

**LA POLICE EST DANS TOUS SES ÉTATS APRÈS LE MEURTRE, HIER SOIR, D'UNE QUATRIÈME FEMME DANS LES QUARTIERS AISÉS DE LA VILLE. CETTE FOIS-CI, L'ASSASSIN A TUÉ UNE VEUVE RICHISSIME, LA MARQUISE DE M. ON L'A RETROUVÉE CE MATIN, POIGNARDÉE DANS SON LIT. IL SEMBLE QU'AUCUN DES NOMBREUX DOMESTIQUES DE LA MARQUISE N'AIT ENTENDU LE MOINDRE BRUIT SUSPECT. LA VIEILLE FEMME, QUI VENAIT DE PERDRE SON MARI, DORMAIT SEULE À L'ÉTAGE DE SA GRANDE MAISON. LA POLICE N'EXCLUT PAS UNE INTRUSION PAR LE TOIT.**

**LE BUTIN EMPORTÉ PAR LE VOLEUR EST D'UNE VALEUR CONSIDÉRABLE. LES BIJOUX DE LA MARQUISE PROVENAIENT DES PLUS GRANDES MAISONS PARISIENNES.**

**À L'HEURE QU'IL EST, LA POLICE CONTINUE DE CHERCHER DES INDICES. SI L'"ASSASSIN DES VEUVES" EST L'AUTEUR DE CE NOU-**

VEAU CRIME, IL EST FORT PEU PROBABLE QU'ELLE EN TROUVE.

CE MATIN, LE PRÉFET DE LA VILLE DE LYON A RECOMMANDÉ À TOUTES LES FEMMES AYANT RÉCEMMENT PERDU LEUR ÉPOUX DE REDOUBLER DE VIGILANCE : "FERMEZ VOS PORTES À DOUBLE TOUR, LEUR A-T-IL CONSEILLÉ. VERROUILLEZ VOS FENÊTRES, PLACEZ UN DOMESTIQUE À LA PORTE DE VOTRE CHAMBRE À COUCHER ET CACHEZ VOS BIJOUX." »

La Rochelle, le 28 juillet 1793

Ma chère Élisabeth,

Je me rends compte aujourd'hui comme mes lettres doivent vous paraître graves et tristes. Il est vrai que les occasions de s'amuser sont peu nombreuses ici, et l'heure est plutôt à la gravité. Il m'arrive néanmoins de vivre des situations des plus cocasses. Certaines montrent à quel point notre monde tourne à l'envers en ce moment.

Vous souvenez-vous du long canal qui longe la ville de La Rochelle par le nord ? Nous aimions nous y promener longuement. L'ombre des arbres qui le bordent est bienfaitrice au plus fort de l'été. Sauriez-vous vous rappeler quelles sont les espèces ici plantées ? Je vous aide... Il y a là de fiers peupliers d'Italie qui s'élèvent haut et droit dans le ciel. Leur feuillage est plus clair que celui des ormes qui poussent là également, et plus foncé que celui des platanes. L'orme et le platane sont des espèces plus petites mais non moins majestueuses, et le mélange de formes et de couleurs est un repos pour les yeux.

Seulement, depuis peu, les peupliers d'Italie ne se dressent plus fièrement le long du canal. Ils ont été abattus. Étaient-ils malades ?

dangereux ? Penchaient-ils ? Rien de tout cela. Ces malheureux arbres avaient pour seul défaut de n'être pas révolutionnaires ! Leur port majestueux a été considéré par les membres du Comité comme un outrage à la Révolution, aux ormes et aux platanes ! N'est-ce pas là une étrange façon de détourner toute chose ? Soupçonnés de voler la lumière aux ormes et aux platanes, tout comme la noblesse vole le peuple, on les a mis à bas...
Ma sœur, lorsque vous croiserez un peuplier désormais, veillez à lui faire la révérence comme on le ferait aux plus grands princes. J'espère avoir bien vite le plaisir de vous lire.

Charlotte

La Rochelle, le 16 août 1793

Ma chère Élisabeth,

Hier, nous fêtions la Vierge Marie, en souvenir du vœu de notre roi Louis XIII, qui demanda un fils à la mère de notre Sauveur. Bien entendu, il n'a pas été question de faire des processions dans les rues, encore moins de nous rendre à l'Église. Mais quelle joie de voir fleurir çà et là de petits bouquets à la croisée des chemins !
Beaucoup de calvaires et de statues de la Vierge ont déjà disparu. Certains ont été abattus sans ménagement, d'autres ont été descellés puis vendus. Si les monuments ne sont plus là, leur emplacement reste gravé dans la mémoire des gens. Ainsi, au croisement de la ferme de Foulques, j'ai trouvé hier matin un bouquet de pâquerettes. La belle statue de la Vierge qui nous souriait et devant laquelle chacun aimait à se signer n'est plus là, mais la ferveur des hommes et des femmes est intacte.
Chaque gerbe de fleurs aperçue hier m'a redonné du baume au cœur. Je suis persuadée que beaucoup gardent cachée au fond d'eux-mêmes une foi profonde.
La disparition des calvaires rend parfois ma tâche plus complexe. Je passe certains messages en effet en déposant quelques fleurs ou

des cailloux au pied d'une croix, au bord du chemin. Combien de fois déjà suis-je arrivée pour constater que le calvaire n'existait plus ? Une fois même, je devais déposer un bouquet de primevères au pied d'une croix. Non seulement le calvaire n'était plus là, mais je n'ai pas trouvé de primevères. Saviez-vous qu'elles ne poussent qu'au printemps, et qu'il est fort rare d'en trouver en été ? La botanique ne faisait pas partie de nos enseignements, et je n'avais jamais prêté attention à ces petites fleurs jaune pâle auparavant. Cette nouvelle vie me réserve bien des surprises, et c'est avec délectation que je fais mille découvertes. Nous vivions fort bien à l'Espérance, mais nous étions dans un cocon soyeux, sans doute un peu trop protégées. Désormais, j'apprends à mieux connaître les hommes, non pas seulement les lettrés et les riches, mais également les plus pauvres. Beaucoup sont courageux, admirables et très attachants. Certains sont détestables, comme partout. Je découvre aussi chaque jour un peu plus la nature qui m'entoure. Je n'ai que mes pieds pour me déplacer, ce qui me laisse le temps d'observer tout à loisir les jeux des animaux, le défilement des saisons, l'allongement des jours...

Prenez soin de vous.

Charlotte

# XX

Émilie se tourne et se retourne dans son lit. Elle ne parvient pas à trouver le sommeil. Elle sait que, de l'autre côté de la cloison, sa mère est comme elle. La lecture de l'article du *Lyon-Républicain* au moment du dîner les a glacées. Avant de se coucher, Émilie est allée vérifier plusieurs fois la porte d'entrée et chaque ouverture du salon. En montant dans sa chambre, elle a inspecté ses fenêtres avant de tirer les lourds rideaux bleus qui les encadrent.

Les yeux grands ouverts dans le noir, elle fixe le plafond.

« Les journalistes parlent de crimes qui auraient commencé il y a un mois, se raisonne-t-elle. Papa est mort il y a plus de deux mois maintenant, c'était avant que l'assassin ne s'en prenne aux veuves. Maman ne craint donc rien. »

Un bruit contre le carreau la fait sursauter. Émilie suspend sa respiration, l'oreille aux aguets.

– Chaque bruit a une explication, lui avait appris son père alors que, petite, elle avait peur du noir.

Patiemment, il lui avait expliqué comment reconnaître un tison qui termine de se consumer dans la cheminée, un morceau de plancher qui se dilate sous l'effet de la chaleur, un volet mal accroché qui grince, une souris qui gambade au grenier...

– Rien ne doit te faire peur, la rassurait-il. Tout a une explication.

Grâce à lui, Émilie parvenait à s'endormir sans plus prêter attention aux bruits de la maison. Mais ce soir, c'est différent.

Le bruit sur le carreau se répète à nouveau. Émilie se concentre.

– Ferme les yeux, lui conseillait son père. Essaie de ne plus rien entendre d'autre que ce bruit. Dès lors tu parviendras à l'identifier.

Émilie ferme les yeux. Elle ne respire plus. Elle focalise toute son attention sur ce bruit. Bientôt, il lui devient familier : une mouche ! C'est une mouche qui se cogne au carreau !

La jeune fille respire plus librement.

« Mais si le tueur conserve les vieux journaux ? se demande-t-elle, inquiète. S'il tombe sur l'avis de décès de papa ? »

Émilie a du mal à ne pas s'emballer.

Un nouveau bruit, sur le toit cette fois-ci, la fait tressaillir.

En un éclair, Émilie saute de son lit, ouvre la porte et court jusqu'à la chambre de sa mère.

– Maman ! dit-elle en entrant sans même frapper.

Assise dans son lit, madame Décochet ne semble pas surprise de voir sa fille arriver. Elle se pousse un peu pour lui faire de la place et l'invite à la rejoindre.

– Je ne parviens pas à dormir moi non plus, confie-t-elle.

Émilie se glisse dans le lit à côté de sa mère. Sa présence la rassure un peu malgré tout. Elle pose ses mains à plat sur l'édredon, ferme les yeux et tente de trouver le sommeil. Une phrase de Charlotte lui revient alors en mémoire : « Dieu m'a donné ces mains pour continuer de prier, toujours. J'ai dix doigts, autant que les grains d'une dizaine de chapelet ! » Émilie n'a jamais dit le chapelet. C'est à peine si elle se souvient des prières que sa première préceptrice lui a apprises lorsqu'elle était petite. Son père l'avait mise à la porte quand il s'était aperçu qu'elle enseignait des prières à sa fille.

– Cessez de lui mettre ces sornettes dans la tête ! avait-il tempêté.

Dans le silence inquiétant de la chambre, alors que la respiration de sa mère se fait plus régulière à côté d'elle, Émilie essaie de retrouver les mots depuis si longtemps enfouis au fond de sa mémoire. Et tout en comptant sur ses doigts, elle s'endort finalement.

# XXI

Quand Émilie ouvre les yeux, il fait jour. Sa mère a déjà quitté la pièce, sans un bruit. Émilie s'étire de tout son long. Quel bonheur de se sentir vivante !

La jeune fille a rendez-vous avec Constance. En attendant de recevoir des nouvelles du château de l'Espérance, les deux amies ont décidé d'imaginer comment les lettres avaient pu se retrouver dans la trappe, près du lit d'Émilie. Madame Cerisaie les a autorisées à fouiller dans les archives de son père. Peut-être y trouveront-elles un indice…

– Je vous attendais plus tôt ! lance Constance, qui est déjà plongée dans les papiers de son grand-père.

– Je n'ai pas bien dormi, avoue Émilie. Avec ce tueur dans les parages…

– Un tueur ? Quel tueur ?

– Vous n'avez pas lu le journal ? demande Émilie. Tout le monde en parle, pourtant.

Constance secoue la tête.

– Un homme assassine des veuves dans les beaux quartiers de Lyon, résume Émilie en quelques mots. Il a déjà fait quatre victimes.

Constance retient un petit cri.

– Mais... votre mère et vous !

– Je ne pense pas que nous courions un grand risque, tente de se persuader Émilie. Le meurtrier semble choisir ses victimes dans le *Lyon-Républicain*, à la rubrique nécrologique. Certes, maman a fait paraître l'annonce de la mort de papa dans ce journal, mais c'était il y a deux mois, et les crimes n'ont commencé que depuis un mois. Ce n'est tout de même pas très rassurant.

– Quelqu'un peut-il vous protéger ? s'inquiète Constance.

– Je crains que non, répond Émilie. Maman a dit à Jules, le jardinier, de nous quitter, car elle craignait de ne plus pouvoir le payer. Il était le seul homme de la maison depuis la mort de mon père.

– Voulez-vous dormir ici ? propose aussitôt Constance. Le temps que nous arrêtions ce monstre.

Si cela ne tenait qu'à elle, Émilie accepterait volontiers. Mais elle ne veut surtout pas laisser sa mère seule.

– Non merci, tout ira bien. Avez-vous trouvé quelque chose ? demande-t-elle finalement pour changer de sujet.

– Pas encore, mais nous avons de quoi nous occuper, dit Constance.

Madame Cerisaie a laissé aux deux jeunes filles une énorme quantité de papiers en tout genre. Il y a là aussi quelques caisses de vieux souvenirs. Jeune fille, madame Cerisaie s'était plongée dans toutes ces affaires et en avait extrait ce qui l'intéressait le plus : le vieux chapelet de sa maman, une fine statuette de danseuse, une broche avec une perle, une miniature représentant sa mère enfant. Elle avait simplement laissé le reste dans de grandes boîtes en carton.

– Je me charge des papiers et vous fouillez dans les souvenirs, propose Constance.

– Commençons plutôt par les documents toutes les deux, suggère Émilie. Nous irons plus vite.

Assises à même le tapis du bureau, Constance et Émilie épluchent un à un les dossiers qui s'étalent devant elles. De temps à autre, Émilie relève la tête pour poser une question à son amie.

– Votre grand-père s'appelait bien Benjamin Le Gentil ?

– Oui, oui.

– J'ai là l'acte de son mariage. Il a épousé Ophélie Mercœur le 17 juin 1839. Elle avait dix-neuf ans et lui vingt-trois.

– Ma grand-mère est morte six ans après, poursuit Constance. Il ne s'est jamais remarié.

– L'un et l'autre sont nés à Lyon, note Émilie. Aucun n'est originaire de La Rochelle. Dommage…

Émilie pose l'acte de mariage de côté et poursuit ses recherches.

– La maison a été construite l'année de leur mariage, en 1839, signale Constance, qui vient de mettre la main sur de vieux plans d'architecte.

– Ils l'ont fait construire ?

– Il ne me semble pas, dit Constance. Les plans sont signés par l'architecte, monsieur Hébert, et par un autre homme, monsieur de Porpignal.

– Sans doute le commanditaire.

– Je l'ignore. Je n'ai pas l'acte de vente sous les yeux.

– Il doit être chez nous, déplore Émilie. Je pense que votre mère a dû le remettre à la mienne lorsque nous avons acheté la maison.

– C'est probable ! Mais maman saura peut-être nous répondre. Elle a dû étudier ces papiers elle aussi.

Émilie et Constance continuent de trier les papiers. Elles découvrent l'acte de naissance de la mère de Constance : Marie Cerisaie, née le 16 août 1840 à Lyon, rue de la Plume.

– C'est mon adresse, remarque Émilie.

– Mes grands-parents habitaient donc là un an après la construction de la maison, en conclut Constance. Je doute que celui qui l'a fait construire ait eu le temps d'y vivre.

– Mmm !

Émilie est d'accord.

– Poursuivons, dit-elle. Ce n'est pas possible que nous ne trouvions rien.

– Vous avez découvert quelque chose ?

Madame Cerisaie est entrée dans le bureau.

– Rien qui soit très intéressant, admet Constance. Savez-vous qui était monsieur de Porpignal ? ajoute-t-elle.

– Monsieur de Porpignal était un riche négociant de tissus. Il a réinvesti sa fortune en faisant construire de nombreuses maisons dans le quartier. La maison de mes parents lui appartenait à l'origine.

– Savez-vous s'il y a vécu ? demande Émilie.

– Certainement pas ! Il avait un hôtel particulier somptueux. Cette maison était un placement financier pour lui.

– Vos parents l'ont achetée juste après sa construction.

– En effet. Mon père avait hérité d'une vieille tante, sa marraine, peu avant son mariage. Grâce à cela, il a pu très vite acheter la maison.

– Voilà qui ne nous mène à rien, constate Constance. La maison ne livre aucun secret et mes deux grands-parents étaient lyonnais tous les d...

– Attendez !

Madame Cerisaie vient de couper sa fille.

– Mes arrière-grands-parents, en revanche, arrivaient d'une autre région de France, se souvient-elle. Je n'y ai pas pensé lorsque vous êtes venue me voir, Émilie. Mais les parents de ma mère étaient tous deux originaires de Charente-Inférieure.

– Charente-Inférieure ? répète Émilie.

– Oui, confirme madame Cerisaie. C'est le département où se situent Rochefort et La Rochelle...

– Les villes d'où proviennent les lettres de Charlotte ! ajoute Émilie avec excitation.

La Rochelle, le 3 septembre 1793

Ma chère Élisabeth,

Une rumeur enfle ici. Elle est terrible. On raconte qu'on nous envoie des prêtres de toutes les régions de France afin de les faire partir au bagne, en Guyane. Il s'agit de prêtres ayant refusé de prêter serment devant la Nation pour rester fidèles au pape. Certains parlent de cent prêtres. D'autres disent qu'ils sont plus de cinq cents. Qui croire ?

Depuis que je suis ici, j'ai pu constater les ravages que la rumeur était capable de provoquer. Il suffit d'un bruit pour enflammer la population. Quelqu'un parle d'un paysan qui cache ses récoltes, et le pauvre homme est passé par les armes avant même d'avoir pu se défendre, même s'il est totalement innocent. Depuis le mois de mai, il a été décidé que ceux qui gardaient le blé pour eux plutôt que de le redistribuer au peuple seraient punis de mort. La rumeur se charge de trouver des victimes, même là où il n'y en a pas.

Quoi qu'il en soit, si ce que l'on dit ici est vrai, le citoyen Maubert se frotte les mains à l'idée de ce nouvel arrivage. L'entendre se gausser me révulse : il parle de ces hommes comme du bétail. Je ne sais pas si je pourrai supporter plus longtemps de travailler à

ses côtés. Pourtant, hier encore, j'ai pu avertir un jeune couple qu'il valait mieux pour eux se cacher. Un citoyen avait averti Maubert qu'ils s'étaient mariés devant un prêtre, un prêtre non jureur. Le gros homme a failli s'étrangler de rage. Il voulait les faire exécuter sur-le-champ, pour l'exemple. Au moment où je vous écris, je sais ces deux jeunes gens en sécurité. Ils ont fui loin d'ici.
Ma sœur, priez pour ces prêtres qui vont peut-être s'embarquer pour des terres inconnues, là-bas, de l'autre côté de l'océan. On parle peu de la Guyane ici, mais je suppose que si le bagne y est installé ce n'est pas parce que la vie y est douce et agréable. Je crains surtout la rude épreuve du voyage pour beaucoup de ces prêtres. Je les imagine déjà si faibles. Je crains que les conditions de navigation ne les achèvent tout à fait.
Si j'en crois la rumeur, leur embarquement devrait se faire depuis Rochefort. C'est de là que partent la plupart des bateaux pour le bagne. Je vais tenter de m'y rendre moi aussi. Pour aider ces prêtres dans la tourmente et, pourquoi pas, pour m'embarquer avec eux. Mais ce ne sera pas moi qui déciderai. Je m'en remets à notre Seigneur. Il saura me faire comprendre où est ma place.
Prenez bien soin de vous,

Charlotte

# XXII

Émilie presse madame Cerisaie de questions.

– Comment s'appelaient vos arrière-grands-parents ? Où sont-ils nés exactement ? Que faisaient-ils ? Quand sont-ils nés ?

La mère de Constance éclate de rire.

– Je conçois que vous soyez excitée, mais je venais vous dire de nous rejoindre pour le déjeuner. Si vous le voulez bien, nous verrons tout cela un peu plus tard.

Madame Cerisaie se tourne vers Constance.

– Votre frère est arrivé. Je pense que vous serez heureuse de le retrouver.

– Théophile ! s'écrie Constance en se redressant d'un coup.

Elle quitte la pièce en courant. Madame Cerisaie sourit.

– Son frère et elle sont très proches, explique-t-elle. Mais, depuis que Théophile est pensionnaire, elle ne le voit presque plus. Venez avec moi, je vais vous présenter au reste de la famille.

Lorsque Émilie pénètre dans la salle à manger, tous les regards se tournent vers elle. La jeune fille est intimidée. Madame Cerisaie l'encourage d'un sourire.

– Ils n'ont jamais mangé personne, la rassure-t-elle avec espièglerie.

– Jamais ! surenchérit Constance, qui se tient à côté d'un jeune homme qu'Émilie suppose être Théophile.

Le frère et la sœur se ressemblent énormément. Ils ont les mêmes yeux d'un bleu profond et le même sourire franc et avenant. Théophile est blond lui aussi, mais il porte les cheveux extrêmement court. Émilie n'a jamais rencontré garçon plus séduisant.

Madame Cerisaie suit le regard d'Émilie et entame les présentations.

– Vous connaissez déjà Constance, et sans doute vous a-t-elle parlé de son grand frère, Théophile.

– À dire vrai, pas encore, murmure Émilie en rougissant.

Théophile la dévisage avec un air amusé qui achève d'affoler le cœur d'Émilie.

– Je ne peux pas en dire autant, plaisante-t-il. Je viens à peine d'arriver et ma petite sœur n'a que votre prénom à la bouche. Je suis heureux de faire votre connaissance, mademoiselle.

Émilie rougit de plus belle et détourne le regard vers un autre garçon, debout au côté de Théophile. Il semble un peu plus jeune que lui et il est aussi brun que son frère est blond. Son visage est empreint d'une infinie douceur.

– Voici Timothée, le présente madame Cerisaie. Ainsi qu'Alphonse, notre aîné. Alphonse se marie à la fin de l'année, précise-t-elle.

Alphonse a déjà tout d'un homme. Il porte une fine moustache et arbore un air sévère qui tranche avec la spontanéité et la douceur des autres. Son sourire est pincé lorsqu'il salue Émilie.

– Il ne manque qu'Honorine, précise madame Cerisaie. Vous ne la verrez pas car elle s'est mariée l'année dernière. Elle vit avec son mari non loin du Parc de la Tête d'or.

– Et père ? demande Constance.

– Il arrive, répond sa mère. Il règle un détail avec le voisin.

– Voilà qui est fait !

Émilie sursaute. La voix puissante de monsieur Cerisaie l'a surprise.

– Je vous ai effrayée, s'amuse le père de Constance. Veuillez m'en excuser, mademoiselle...

– Décochet ! complète sa femme. Émilie Décochet.

– Mademoiselle Décochet ! sourit monsieur Cerisaie. Constance ne cesse de parler de vous.

Émilie rougit de plus en plus et incline poliment la tête pour saluer le père de son amie.

– Prenez place, l'invite monsieur Cerisaie. Et remercions notre Seigneur de vous avoir à notre table aujourd'hui.

Dans un silence recueilli, chacun baisse la tête tandis que le père de famille prononce les mots pour bénir le repas.

Lorsque Constance et Émilie retournent dans le bureau, l'après-midi est déjà bien entamé. Les hommes sont partis au fumoir pour parler de choses et d'autres. Madame Cerisaie a promis de les rejoindre mais, en attendant, les deux amies sont seules. Émilie en profite pour interroger Constance. Elle brûle d'envie de la questionner sur Théophile, mais la pudeur et la timidité l'en empêchent.

– Que fait Alphonse ? demande Émilie pour commencer.

– Il est banquier. Il travaille au Crédit Lyonnais depuis trois ans maintenant. Alphonse est sérieux, rigole Constance. Trop sérieux ! Ce métier lui va comme un gant.

Émilie sourit. En effet, Alphonse est le seul qui ne semble pas avoir profité de ce repas familial. Il n'a pas desserré les lèvres et n'a jamais répondu aux questions qu'on lui posait par des phrases de plus de trois mots. Dès qu'Émilie rencontrait son regard, elle s'empressait de baisser la tête, intimidée par ses yeux durs et froids.

– Et votre frère Théophile ? continue d'interroger Émilie, d'un air faussement désinvolte. Votre mère m'a dit qu'il était pensionnaire.

– Hélas, oui ! répond Constance. Théophile veut devenir militaire. Il se prépare dans une école près de Paris et ne peut pas revenir ici chaque fin de semaine. Il me manque. C'est avec lui que je passais le plus de temps. Il me fait rire !

– Pourtant, le train existe désormais...

– Le voyage reste long et cher, rétorque Constance. Il ne revient pas souvent.

– Et qu'en est-il de Timothée ? s'empresse de poursuivre Émilie pour cacher sa déception.

– Il se prépare à être prêtre.

– Prêtre ?

– Depuis qu'il est tout petit, Timothée nous dit qu'il veut être prêtre, raconte Constance. Il lui reste encore un an d'étude, avant d'entrer au séminaire.

Constance se tait un instant. Elle se souvient encore de son frère qui jouait au prêtre lorsqu'il était enfant. Il avait l'air si heureux alors, que cela ne l'avait pas étonnée lorsqu'il avait annoncé sa décision à tous, l'année passée.

– Et vous ? demande Émilie en tirant Constance de sa rêverie. Que voulez-vous faire plus tard ?

Constance la regarde avec un air étonné.

– Moi ?

– Oui, vous.

Constance réfléchit un instant avant de répondre.

– Je ne sais pas trop, avoue-t-elle. Je pense que j'aimerais me marier et fonder une famille. Mais parfois je me demande si le Seigneur ne m'appelle pas moi aussi.

– Vous appeler ?

– Oui. Peut-être que le Seigneur me demande de tout abandonner pour le suivre et entrer dans un ordre religieux.

– Vous ne parlez pas sérieusement ? la taquine Émilie.

– Pourquoi ? répond Constance, piquée au vif.

– Eh bien, hésite Émilie. Je vous ai vue au Grand Bazar. Vous aimez trop les rubans et les belles choses pour en être privée toute votre vie.

Constance dévisage son amie avec étonnement.

– Vous pensez que les religieuses ne sont que des femmes laides qui n'ont jamais aimé la coquetterie ? lui demande-t-elle en haussant légèrement le ton.

– C'est que..., bredouille Émilie. Cela semblerait plus logique.

– Je crois au contraire que cela n'a rien de logique. Le Seigneur n'a aucune logique lorsqu'il appelle les hommes et les femmes.

Constance est devenue subitement tout à fait sérieuse. Émilie avait déjà remarqué chez son amie la gravité qui s'emparait d'elle sitôt qu'elle lui parlait d'un sujet qui lui tenait à cœur.

– Vous trouvez que Timothée est laid ? demande Constance à brûle-pourpoint.

Émilie rougit violemment. La question la prend totalement au dépourvu.

– Non. Euh, non ! avoue-t-elle en bégayant.

– Alors pourquoi serait-il appelé à devenir prêtre ?

Émilie ne trouve rien à répondre à cela.

– Avez-vous déjà vu de jeunes prêtres ? l'interroge Constance.

– Ma foi, très rarement, admet Émilie. Mon père ne m'amenait jamais dans les églises, sinon pour y admirer un tableau ou une prouesse architecturale.

Constance regarde son amie. La passion qui bouillonne dans ses veines s'apaise peu à peu. À travers le témoignage d'Émilie, elle découvre que tout le monde n'a pas reçu la solide éducation religieuse que ses parents lui ont donnée depuis sa naissance.

– Émilie, poursuit-elle avec plus de douceur. Sainte Claire était riche et ravissante. Elle s'est pourtant fait raser la tête et a revêtu une robe de bure par amour pour le Christ. Son engagement n'en est que plus fort encore. Choisir de suivre le Christ n'est pas une décision que l'on prend faute de mieux. On le fait parce que l'on est persuadé que c'est ce qui peut nous arriver de mieux…

La Rochelle, le 18 septembre 1793

Ma chère Élisabeth,

Les nouvelles que j'ai entendu promulguer ce matin sur la place publique font froid dans le dos. Hier, la Convention nationale a voté la loi des suspects. D'après elle, sont suspects ceux qui par leur conduite, leurs relations, leurs propos ou leurs écrits se sont montrés partisans de l'ancienne tyrannie et ennemis de la liberté.
Cette loi n'est qu'un prétexte pour rendre la répression plus sanglante encore qu'elle ne l'a été jusque-là. Les membres de l'Assemblée n'ont-ils pas mis « la Terreur à l'ordre du jour », il y a de cela deux semaines à peine ? Je crains que notre pays ne devienne fou parfois. Quand toutes ces horreurs s'arrêteront-elles ?
Parce que vous avez fui en Angleterre, Élisabeth, vous faites partie de ces « suspects ». Ne vous avisez surtout pas de revenir avant que toutes ces histoires n'aient pris fin. Restez en Angleterre. Vous y êtes en sécurité.
Moi-même, parce que je suis votre sœur, je suis sous le coup de cette loi terrible qui ne va faire que renforcer le climat de dénonciation qui règne déjà autour de nous. Heureusement, il y a près d'un an maintenant que je suis devenue Charlotte Martin, et j'ai

obtenu tous les papiers nécessaires à mon travail au sein du Comité.
Il n'est pas aisé de changer d'identité. Il m'est arrivé plusieurs fois de ne pas répondre lorsque quelqu'un m'appelait. Heureusement, il y a de si nombreux Martin autour de moi que personne ne sait vraiment à qui s'adresse le message. C'est ce qui me sauve chaque fois et je me félicite d'avoir choisi ce nom qui passe partout.
Si je continue à me montrer prudente, peut-être arriverai-je à traverser la tourmente. Il le faut, car la rumeur se révèle exacte. Des prêtres de toute la France sont acheminés vers Rochefort. Parmi tous les suspects, ils sont les plus faciles à attaquer.
Je vous disais dans ma précédente lettre que je m'en remettais au Seigneur pour savoir où il avait besoin de moi. La réponse qu'Il m'a faite m'a désarçonnée je l'avoue, car c'est Maubert qui me l'a donnée ! En effet, le citoyen est appelé à rejoindre Rochefort pour veiller au bon fonctionnement du transfert des prisonniers. Il exige de moi que je le suive. Je me prépare donc à partir à Rochefort la semaine prochaine.
Veillez sur vous, Élisabeth, et priez pour tous ces prêtres que je vais rencontrer.

Charlotte

# XXIII

– Voilà ! C'est ici.

Madame Cerisaie brandit un papier glissé entre les pages d'un gros livre de famille. C'est un acte de mariage, celui de ses arrière-grands-parents.

– Agathe Marie Jehanne Barbier, née le 4 novembre 1798 à Rochefort, épouse de Jean Louis Marie Mercœur, né le 5 mars 1796 à La Rochelle, le 16 mai 1819 à La Rochelle, lit madame Cerisaie.

– Charlotte d'Espérance s'est rendue à Rochefort, dit Émilie.

– Certes, admet Constance. Mais lorsque ses lettres se terminent, l'arrière-grand-mère de maman n'était pas encore née. Nous ne savons pas ce que Charlotte est devenue ensuite, mais elles ne se sont probablement jamais croisées.

Émilie sait que Constance a raison. Les dates ne coïncident pas. Pourtant, elle est persuadée qu'il existe là un lien, aussi ténu et invisible soit-il. Il s'agit simplement de le trouver.

La jeune fille se penche sur les cartons de souvenirs entassés au fil des années par madame Cerisaie, sa mère et ses grands-mères avant elle. Il y a là de nombreux rubans, quelques broches, des boutons, des fleurs en tissu, un carnet de bal, un minuscule couteau en ivoire.

Constance, qui s'est approchée d'elle, s'extasie devant toutes ces merveilles.

– C'est la première fois que je vois tout cela, dit-elle. Pourquoi ne m'avez-vous jamais montré toutes ces choses ?

– Je les avais moi-même un peu oubliées, avoue madame Cerisaie. Papa m'en a fait cadeau lorsque je me suis mariée, et je n'en ai sorti que ce qui me rappelait ma mère ou ce qui pouvait me servir.

– Et ce peigne ! dit Constance. Il est magnifique. C'est de la nacre !

– Il faut croire que votre père m'en avait offert de plus beaux, constate madame Cerisaie.

Au milieu des breloques, Émilie et Constance découvrent quelques camées, ces broches sur lesquelles étaient gravés de minuscules portraits.

– Qui sont ces femmes ? demande Constance.

– Je ne sais pas, répond madame Cerisaie. Sans doute des ancêtres. Ou mon arrière-grand-mère à différentes époques.

Émilie sort alors une minuscule miniature entourée d'un mince cadre doré. Elle représente une jeune femme aux cheveux blonds relevés sur l'arrière de la tête. Ses yeux noisette semblent piquetés de minuscules taches dorées qui leur donnent un éclat tout particulier. Ils forment comme deux amandes parfaites, encadrant un nez droit et fin. La bouche esquisse un sourire malicieux, comme si la jeune femme se moquait gentiment de la personne chargée de la représenter.

– Elle est belle, dit Émilie.

– Montrez-la-moi, demande Constance.

Émilie tend la miniature à son amie qui la regarde avec attention. Mais, tandis qu'elle la tient devant elle, Émilie remarque quelque chose écrit au dos du petit cadre doré. Elle s'approche. Un prénom a été rapidement griffonné à la plume sur le support qui maintient la miniature :

*Charlotte*

Le cœur d'Émilie bat soudain plus vite. Elle vient de trouver ce qu'elle cherchait...

# XXIV

Émilie est bien trop excitée pour dormir. Cet après-midi, lorsqu'elle a trouvé la miniature dans les bibelots de madame Cerisaie, elle a immédiatement échafaudé des plans avec Constance pour poursuivre leur petite enquête.

– Voici la miniature qu'Élisabeth devait avoir en sa possession, en a tout de suite déduit Constance. Elle en parle dans sa toute première lettre, rappelez-vous.

– Cela confirme l'intuition que j'avais, poursuivit Émilie. Ce n'est pas Charlotte que nous devons chercher en priorité, c'est Élisabeth. Les lettres et cette miniature sont arrivées ici par son intermédiaire.

– Pensez-vous que les émigrés partis en Angleterre aient pu rejoindre la France à Rochefort ? demanda alors Constance à sa mère. Si c'est le cas, Agathe Barbier pourrait être la fille d'Élisabeth.

Madame Cerisaie est peu au fait des événements de la fin du XVIIIe siècle. Elle a donc proposé de demander à l'un des amis de la famille quelques précisions sur le sujet. Monsieur de Naps est passionné d'histoire, il saura sans doute les renseigner.

Il est plus de minuit lorsque Émilie se résout enfin à souffler la lampe à pétrole posée sur sa table de chevet. Elle n'a pas vraiment sommeil, mais il est inutile de veiller plus tard. Aucun nouvel élément ne lui parviendra à cette heure-ci de la nuit. Demain peut-être pourra-t-elle progresser davantage dans ses recherches.

Un bruit la fait sursauter. Il est extrêmement discret mais, dans le silence de la nuit, Émilie, qui ne dort toujours pas, l'entend sans peine. La jeune fille retient sa respiration et tend l'oreille. Cela ressemble à un crissement très léger qui s'approche imperceptiblement. Émilie serre son édredon à se faire mal et garde les yeux rivés sur la fenêtre. Quelqu'un marche sur les graviers de la terrasse dans le jardin !

– Maman a-t-elle bien verrouillé toutes les portes et fermé toutes les fenêtres ? se demande Émilie avec angoisse.

Elle-même était si absorbée par sa découverte de l'après-midi qu'elle avait oublié de vérifier après sa mère, comme elles avaient convenu de le faire. En rentrant de chez Constance, Émilie n'avait pas la tête à penser à l'« Assassin des veuves » mais, maintenant qu'il fait nuit et qu'elle sait que quelqu'un approche, le souvenir du meurtrier se rappelle à elle avec une effrayante netteté.

« Papa ! pense Émilie avec l'énergie du désespoir. Protégez-nous ! »

Madame Cerisaie lui a assuré que sa propre mère continuait de veiller sur elle malgré sa disparition. Émilie espère qu'elle disait vrai. Si seulement son père, en effet, pouvait lui venir en aide de là où il se trouvait, cela la rassurerait tout à fait.

C'est la première fois aujourd'hui qu'Émilie pense à son père. Elle ressent instantanément le vide cruel de son absence.

« Papa ! se répète-t-elle en boucle. Protégez-nous ! »

L'oreille tendue, Émilie distingue maintenant le bruit d'une poignée que l'on tourne avec mille précautions. Elle est tétanisée. Il n'est pas question de rejoindre sa mère. Il lui faudrait passer sur le palier et risquer de tomber nez à nez avec l'assassin. Qui pourrait-elle prévenir ? Il n'y a plus un seul homme dans la maison. Si Émilie bouge dans son lit, elle craint de faire du bruit et d'attirer l'homme jusqu'à sa chambre. Mais doit-elle rester là sans rien faire à attendre que l'on vienne la poignarder dans son lit ou que l'on s'en prenne à sa mère dans la pièce voisine ?

En bas, la porte vient de s'ouvrir. Émilie a entendu le pêne de la serrure céder. Les gonds ne grincent pas, mais elle imagine aisément la porte qui s'entrebâille suffisamment pour laisser une ombre se glisser dans la maison.

La Rochelle, le 22 septembre 1793

Ma chère Élisabeth,

J'ai bien cru mourir de peur hier soir, alors que j'avais décidé de me rendre à la messe !
Chacun de nos rendez-vous clandestins pour assister à l'Eucharistie est une aventure périlleuse. Bien entendu, il n'est pas question de nous y rendre tous ensemble. Nous risquerions de nous faire repérer instantanément. Nous arrivons donc chacun de notre côté en prenant toutes nos précautions pour ne pas attirer l'attention.
Je ne pars jamais de chez moi sans avoir élaboré un alibi qui me permette de justifier ma présence de nuit au milieu de nulle part. Je me renseigne sur le nom des fermes voisines, afin d'être capable de donner un lieu de visite qui reste crédible. Bien souvent, les fermes sont extrêmement isolées, mais je parviens toujours à trouver quelque endroit où je pourrais avoir une raison valable de me rendre. Mon appartenance au Comité me facilite la tâche. Nul ne s'étonne vraiment de voir l'un de ses membres arriver quelque part sans s'être fait annoncer auparavant.
Avant de partir, je prends également soin de m'enrouler dans un grand châle de laine sombre, qui dissimule la blancheur de ma

chemise. De même, je retire mon bonnet bordé de dentelle grossière qui me rendrait trop visible la nuit. La plupart du temps en effet, je me rends dans les lieux de rendez-vous à couvert, passant de bosquets en chemins encaissés afin d'éviter les sentiers trop exposés aux regards.

Les premières fois, je dois vous avouer que je n'étais pas fière. Marcher dans le noir, au milieu d'une forêt, n'est pas un exercice auquel je m'étais entraînée. Chaque bruit me faisait sursauter. J'imaginais que chaque arbre dissimulait un brigand ou un animal sauvage prêt à me sauter à la gorge. Avec le temps, mon courage s'est affermi. J'ai surtout appris à reconnaître les bruits qui m'entourent et à ne plus m'en inquiéter. Je sursaute encore, souvent, mais la panique ne m'envahit plus comme aux premiers temps.

Hier soir, pourtant, c'est bien une extrême panique qui s'est emparée de moi alors que je quittais la cabane qui me tient lieu de logis. J'ai la chance d'habiter à la lisière de la ville, ce qui rend plus faciles toutes ces escapades nocturnes. Je n'ai pas besoin en effet de traverser des rues obscures et mal famées, et je ne risque pas non plus de rencontrer quelque promeneur solitaire. Ils sont trop rares ici. Ceux qui osent s'aventurer dehors à la nuit tombée préfèrent se rendre sur le port.

Hier, je n'avais pas fait cent pas hors de chez moi que je me suis sentie suivie. J'ai entendu crisser quelques graviers et, surtout, j'ai perçu le son d'une respiration que quelqu'un essayait de rendre le plus discrète possible. J'ai tenté, tout d'abord, de me raisonner. Ces bruits n'étaient que le fruit de mon imagination et dans quelques minutes il n'en resterait rien. Néanmoins, j'avais beau poursuivre ma route, je sentais cette présence derrière moi, qui me suivait à la trace. Courir ne m'aurait servi à rien. Si la personne qui me suivait était un homme, il aurait vite fait de me rattraper. Crier ne m'aurait pas été plus utile. Qui pouvait m'entendre, alors que je m'étais déjà éloignée des dernières habitations ? Poursuivre ma route n'était pas possible non plus. Je ne voulais pas risquer de croiser un groupe de fidèles que j'aurais fait prendre avec moi. J'ai donc pris le parti de rebrousser chemin.

Celui ou celle qui me suivait a dû s'étonner de ma volte-face, car je n'ai plus rien entendu jusqu'à ce que je sois de retour chez moi. J'ai bien essayé de scruter l'obscurité pour découvrir une silhouette ou une ombre quelconque. En vain.

Vous imaginez sans peine que je me suis barricadée dans ma petite cabane du mieux que j'ai pu. Je n'ai pas dormi de la nuit, et j'ai guetté le moindre bruit jusqu'au lever du soleil. Aujourd'hui, je ne sais que penser de cet événement. Je craignais d'avoir été dénoncée, mais personne n'est venu m'inquiéter. Je me sens néanmoins surveillée maintenant, et cela n'est pas pour me rassurer. Il faut que je redouble de prudence.

Priez pour que le Seigneur me protège.

Charlotte

# XXV

Un hurlement retentit dans toute la maison. C'est Émilie qui crie. Assise dans son lit, elle hurle de toutes ses forces. Après réflexion, il lui a semblé que c'était là la meilleure façon d'agir.

« En criant, je ferai peut-être peur à l'assassin et il s'enfuira », a-t-elle pensé.

Un bruit sourd provient de la chambre de madame Décochet. Quelques secondes plus tard, une porte s'ouvre à la volée sur le palier et la mère d'Émilie pénètre en trombe dans la chambre de sa fille.

– Émilie ! dit-elle d'une voix blanche.

En bas, des pas précipités se font entendre également. C'est Eugénie, qui a bondi de son lit elle aussi, et qui grimpe quatre à quatre les marches de l'escalier pour voir ce qu'il se passe.

– Mademoiselle ? s'inquiète-t-elle en arrivant dans la chambre d'Émilie.

La cuisinière arrive également, empêtrée dans sa longue chemise de nuit de coton.

Émilie s'est arrêtée de crier et regarde autour d'elle d'un air hébété. En voyant sa mère saine et sauve, la jeune fille éclate en sanglots nerveux. Elle hoquette tandis que de grosses larmes de soulagement baignent son visage.

– Émilie, ma chérie, dit doucement sa mère. Que se passe-t-il ?

– Il..., tente d'expliquer la jeune fille.

Sa voix se brise. Elle a eu si peur.

– Il est venu ! parvient-elle enfin à dire.

– De qui parles-tu ? lui demande sa mère sans la brusquer.

– L'Assassin des veuves, répond Émilie dans un filet de voix.

Madame Décochet pâlit subitement. Un long frisson lui parcourt le dos.

– Je vais vous chercher votre robe de chambre, dit la fidèle Eugénie, à qui le tremblement de sa maîtresse n'a pas échappé.

– Et moi, je vous prépare un verre de lait chaud avec du miel, propose la cuisinière en sortant de la chambre.

Madame Décochet serre sa fille dans ses bras et lui murmure des mots doux à l'oreille comme lorsqu'elle était petite fille.

– Ce n'est rien. Tu as fait un cauchemar. Ce n'était qu'un mauvais rêve.

Émilie s'abandonne dans les bras de sa mère et se laisse bercer. Puis elle se redresse soudainement pour se dégager.

– Non, maman, je vous le promets, reprend-elle d'une voix plus assurée. Il est venu, j'en suis certaine. Je ne dormais pas quand j'ai entendu marcher sur les graviers de la terrasse du jardin. J'ai même entendu la porte du bas s'ouvrir. Je vous promets que je n'ai pas rêvé.

Émilie remonte l'édredon sous son menton pour se réchauffer.

– J'ai crié pour le faire fuir, murmure-t-elle. Je ne savais pas quoi faire d'autre.

Les larmes remontent à ses yeux et glissent en silence sur ses joues.

– Ma chérie, la rassure sa mère. Tout cela n'est plus qu'un mauvais souvenir.

Un cri retentit en bas de l'escalier, puis un bruit de vaisselle cassée.

– Madame ! Madame ! hurle la cuisinière, qui vient de lâcher la tasse de lait qu'elle tenait dans les mains.

Madame Décochet sort précipitamment sur le palier et regarde par-dessus la rambarde.

– Que se passe-t-il, Thérèse ? demande-t-elle avec angoisse.

– Le... Le... Le carreau de la porte..., bégaie la cuisinière en tremblant. Il est ca... Il est ca... Il est cassé ! Quelqu'un est entré dans la maison !

# XXVI

– Et vous, Madame ? demande l'inspecteur Rodlin, en s'adressant à madame Décochet.

– Je n'ai absolument rien entendu. Je dormais profondément. C'est le cri de ma fille qui m'a tirée de mon sommeil. J'ai été si surprise que j'ai trébuché en sortant de mon lit pour aller la voir dans sa chambre.

– Quelle heure était-il ? questionne le policier.

– Je n'ai pas pris le temps de regarder la pendule. Et puis, il faisait nuit.

– Il était un peu plus de minuit, les interrompt Émilie. Je n'arrivais pas à dormir, et j'ai finalement éteint ma lampe à pétrole lorsque j'ai entendu la grande horloge du salon sonner douze coups.

– Bien, dit le policier en griffonnant quelques mots sur son carnet. Mademoiselle, pouvez-vous me répéter ce qui s'est passé, s'il vous plaît ?

– Je ne dormais pas encore lorsque j'ai entendu quelqu'un marcher sur les graviers de la terrasse, reprend Émilie.

– Vous avez l'ouïe fine, note l'inspecteur.

– La fenêtre de ma chambre donne juste au-dessus de la terrasse, précise Émilie. Petite, j'avais peur du noir, poursuit-elle. J'étais à l'écoute du moindre bruit. Mon père se moquait de moi en disant que je serais capable d'entendre un moustique marcher.

– Nous reparlerons de votre père juste après si vous le voulez bien, mademoiselle, l'interrompt l'inspecteur Rodlin. Poursuivez, je vous en prie !

– J'ai entendu quelqu'un marcher sur les graviers. Les pas s'approchaient de la maison.

– En êtes-vous sûre ? la coupe le policier en la regardant par-dessus ses petites lunettes.

– Certaine ! affirme Émilie. Ensuite, d'ailleurs, j'ai entendu la poignée de la porte tourner. Puis la porte s'est ouverte…

Émilie secoue la tête comme pour chasser un mauvais souvenir.

– Vous n'avez pas entendu quelqu'un casser la vitre ? l'interroge le policier.

– Non.

– Cela signifie donc que la porte était restée ouverte.

– J'ai oublié de vérifier si la porte était bien fermée, hier soir avant de me coucher, se souvient madame Décochet.

– Mmm ! note l'inspecteur Rodlin. La porte était donc ouverte… À moins que l'intrus n'ait eu la clé.

Madame Décochet frissonne à cette idée.

– C'est impossible ! Nous venons d'emménager. Je n'ai encore donné à personne la clé de cette maison.

– L'ancien propriétaire, peut-être ? suggère l'inspecteur.

– Il est mort l'année dernière.

– Sa famille, alors ?

– Non ! s'exclame Émilie. C'est impossible ! La famille de Constance n'a rien à voir dans cette histoire.

– Qui sont les anciens propriétaires ? questionne le policier sans prendre garde à ce que vient de dire Émilie.

– Il s'agit de madame Cerisaie.

– Mmm, marmonne monsieur Rodlin en notant le nom sur son petit carnet.

– Mais, maman ! s'indigne Émilie.

– Je sais que les Cerisaie n'ont rien à voir dans cette affaire, la rassure sa mère. Mais monsieur l'inspecteur ne peut faire autrement. Il ne doit négliger aucune piste.

Émilie se renfrogne. Elle n'aurait jamais imaginé que cette histoire puisse porter préjudice à la famille de sa nouvelle amie.

– Lorsque votre fille a crié, reprend le policier en s'adressant à madame Décochet, avez-vous entendu du bruit en bas ?

– Pas immédiatement, répond la jeune veuve. Ensuite, Eugénie et Thérèse sont montées avec fracas.

– Toujours pas de bruit de carreau cassé ? poursuit l'inspecteur.

– Pas dans mon souvenir. Mais Émilie criait si fort...

– Je pense que notre homme a été surpris par les cris de votre fille et qu'il est reparti précipitamment. Il aura alors cassé le carreau en refermant la porte un peu violemment.

L'inspecteur Rodlin lisse sa fine moustache un moment, relit ses notes et reprend le fil de son interrogatoire.

– Madame, pardonnez-moi de remuer de tels souvenirs, mais votre mari, monsieur Décochet, est mort récemment il me semble.

– Oui, répond la mère d'Émilie d'une voix étranglée. Il y a un peu plus de deux mois. Le 16 septembre.

– Aviez-vous fait paraître l'annonce de son décès dans le *Lyon-Républicain* ?

– Oui, souffle madame Décochet. Il aimait ce journal, il aurait souhaité que je le fasse. Il fallait que ses collègues et amis sachent…

Le policier garde le silence un instant pour laisser à madame Décochet le temps de reprendre ses esprits.

– Madame, poursuit-il enfin. Avez-vous des objets de valeur, des bijoux que vous gardez avec vous et qui pourrait intéresser notre homme ?

L'allusion non dissimulée de l'inspecteur à l'Assassin des veuves glace le sang d'Émilie et de sa mère.

– Oui, répond madame Décochet dans un filet de voix. Mais vous pensez vraiment que ce puisse être…

– Nous ne pouvons négliger aucune hypothèse, confirme l'inspecteur Rodlin. Cet homme a déjà commis quatre meurtres. Il avait peut-être l'intention d'en commettre un cinquième hier soir. Votre fille vous a sans doute sauvé la vie.

Madame Décochet regarde Émilie avec un sourire triste.

– Il pourrait revenir ? demande-t-elle, inquiète.

– C'est peu probable, avoue le policier. D'autant que, par mesure de sécurité, je laisserai un agent en faction devant votre maison jour et nuit.

Madame Décochet soupire de soulagement. Elle s'apprête à remercier monsieur Rodlin lorsque quelqu'un frappe à la porte du salon.

– Inspecteur ? demande un autre policier en passant la tête par l'entrebâillement de la porte. Je crois que nous avons trouvé quelque chose.

La Rochelle, le 10 octobre 1793

Ma chère Élisabeth,

Demain, je prends la route pour Rochefort. Notre départ a été retardé de quelques jours qui m'ont semblé des siècles. Les événements se sont précipités et nous ont empêchés de quitter les lieux aussi rapidement que prévu. Les paysans vendéens se sont révoltés en effet. Ils remportent quelques victoires contre les armées de la Révolution qui déstabilisent les membres du Comité. L'atmosphère est donc extrêmement tendue. Le climat de défiance ne cesse de se renforcer et je ne me sens plus guère en sécurité. Depuis l'autre nuit, j'ai le sentiment que tout le monde me dévisage et m'observe. Il est bon que je change d'environnement.

Je n'ose plus rien faire. Je suis paralysée. J'ai dû rédiger ce matin deux actes d'emprisonnement contre un couple de paysans qui cachait une croix du Christ sauvée avant le pillage d'une église. Je savais que l'on s'apprêtait à descendre dans leur ferme pour en fouiller les moindres recoins. Je le savais, mais je n'ai pas pu les prévenir. Plus justement, j'avoue que je n'ai pas osé le faire. J'ai eu peur que l'on me prenne sur le fait.

Je ne suis pas fière de moi. Mon courage s'éteint dès lors que je

perçois un peu de danger. Suis-je digne d'œuvrer pour notre Seigneur si la peur m'empêche de poursuivre ma mission ?
Je pars avec l'épouvantable citoyen Maubert. Aucun autre membre du Comité ne nous accompagnera et je m'en réjouis. Une fois à Rochefort, je trouverai un moyen de reprendre mes activités, loin des suspicions que je perçois ici. J'ai été informée de la situation. Les prêtres sont annoncés par centaines et viendront s'entasser dans les prisons de la ville en attendant de partir pour la Guyane. Je ne sais pas encore comment je pourrai leur venir en aide, mais je me suis promis de le faire.
Je quitte la bonne Françoise, avec laquelle je suis en cuisine au service du Comité. Cela m'attriste. Elle me manquera. Son enthousiasme et sa bonne humeur m'ont soutenue tout au long de cette année.
Maubert nous a trouvé un lieu où loger, paraît-il. Un jeune homme, médecin, vit dans la maison de ses parents défunts, dans le centre de Rochefort. La maison est grande, et Maubert en a réquisitionné une partie pour installer ses bureaux et ses appartements. Une pièce m'est réservée également. Je vous raconterai tout cela dans une prochaine lettre. En attendant, je dois faire mes maigres bagages. Cela ne me prendra guère beaucoup de temps. J'emporte simplement deux jupes, trois chemises, une veste de laine, mon châle sombre, deux bonnets et une paire de sabots. Je prends également ma plume, de l'encre et quelques feuilles pour vous écrire de là-bas. Je laisse ici, dans sa cachette, mon chapelet. J'espère pouvoir revenir le déterrer un jour.
Dieu vous garde,

Charlotte

Rochefort, le 29 octobre 1793

Ma chère Élisabeth,

Même dans les pires moments, je me rends compte que le Christ est présent ! Quel réconfort ! Quelqu'un vient de me conter une histoire qui m'a réchauffé le cœur.
Il y a quelques jours à peine, les insurgés vendéens ont perdu une longue bataille contre l'armée républicaine. L'un de leurs chefs, monsieur de Bonchamps, y a d'ailleurs été mortellement blessé. Avant de prendre la fuite et pour venger leurs frères morts au combat, les Vendéens avaient décidé d'exécuter les cinq mille prisonniers révolutionnaires qu'ils avaient faits au combat. Le jeune monsieur de Bonchamps les en a empêchés. Juste avant de rendre son dernier soupir, il a supplié de faire grâce aux prisonniers. Ses hommes n'ont pas osé aller contre ses dernières volontés. Ainsi, le pardon a trouvé sa place au cœur des pires combats. Bénissons le Seigneur de souffler aux hommes de si belles actions !
Je n'ai toujours pas vu de prêtres ici. Beaucoup sont encore en route. Le citoyen Maubert demande sans arrêt après moi, et j'éprouve beaucoup de difficultés à m'échapper. En revanche, j'ai fait

la connaissance de notre hôte. Je vais vous faire une confidence... je le trouve très bel homme.
Je pense à vous sans cesse,

Charlotte

Vous devez certainement en être informée en Angleterre : la reine Marie-Antoinette est morte, il y a treize jours.

# XXVII

**« UN DÉBUT DE PISTE**

**POUR LA PREMIÈRE FOIS DEPUIS DES SEMAINES, IL SEMBLERAIT QUE L'ASSASSIN DES VEUVES NE SOIT PAS PARVENU À SES FINS. DANS LA NUIT DE SAMEDI À DIMANCHE, IL A TENTÉ DE PÉNÉTRER DANS LA MAISON DE LA VEUVE D. C'EST LA FILLE DE LA PROPRIÉTAIRE QUI L'A MIS EN FUITE, EN CRIANT POUR ALERTER DU MONDE.**

**SI LA POLICE CHERCHE ENCORE PAR QUEL MOYEN L'HOMME AURAIT RÉUSSI À PÉNÉTRER DANS LA MAISON, ELLE SE FÉLICITE D'AVOIR TROUVÉ UN INDICE. C'EST LA PREMIÈRE FOIS QUE L'ASSASSIN DES VEUVES LAISSE QUELQUE CHOSE DERRIÈRE LUI. LA POLICE S'EMPRESSE DE SUIVRE CETTE MAIGRE PISTE EN ESPÉRANT QU'ELLE LE MÈNE JUSQU'AU CRIMINEL. »**

Émilie relit le journal plusieurs fois puis regarde sa mère, assise en face d'elle dans le salon.

– Vous croyez qu'ils vont trouver quelque chose ?

– Je l'espère, confie madame Décochet. Je ne dormirai bien que lorsque cet homme sera sous les verrous.

– Comment feront-ils pour démasquer cet individu avec un simple bouton de manchette, réfléchit tout haut Émilie. Papa, à lui seul, en possédait plus d'une vingtaine de paires.

Madame Décochet sourit en regardant sa fille se concentrer. Le goût du mystère a rapidement repris le dessus. Avec un peu de chance, l'angoisse de la nuit passée ne la reprendra plus.

– Cela prouve au moins que nous avons affaire à un homme d'un certain rang, note Émilie.

– Pourquoi ? la questionne sa mère.

– Les plus pauvres ne portent pas de boutons de manchette.

– C'est juste, acquiesce madame Décochet. Tu ferais un bon inspecteur de police.

Émilie sourit. Elle se détend enfin un peu depuis la nuit éprouvante qu'elle vient de passer.

– Croyez-vous que l'inspecteur ait été voir les Cerisaie, hier ? demande-t-elle avec appréhension.

– Certainement, répond madame Décochet. C'est l'une des premières pistes qu'ils ont. Mais ne t'inquiète pas pour eux, ils n'auront aucun mal à s'expliquer.

– Je sais qu'ils se rendaient tous à l'opéra samedi soir, se souvient Émilie. Constance était très excitée à l'idée de montrer sa toute nouvelle robe de velours vert à Théophile, son frère aîné.

Émilie fait une longue pause. Elle semble perdue dans ses pensées.

– Maman ? dit-elle enfin.

– Oui ?

– C'est ma faute si le meurtrier a pu pénétrer dans la maison. Nous avions convenu que je devais vérifier les portes après vous et je ne l'ai pas fait. J'étais si passionnée par cette miniature de Charlotte que je venais de découvrir que je n'y ai pas pensé.

– Tu n'as rien à te reprocher, la rassure sa mère. Je suis aussi fautive que toi puisque, visiblement, je n'avais pas fermé la porte arrière. Mais où en êtes-vous de votre propre enquête ? ajoute-t-elle pour changer de sujet.

– Nous savons maintenant qu'il y a un lien entre la famille de Constance et Élisabeth d'Espérance, dit Émilie. Il nous reste encore à découvrir lequel. Tout cela est beaucoup plus long que je ne l'aurais imaginé.

– Cela fait à peine une semaine que vous avez commencé, la taquine sa mère.

– Patience ! Patience ! Je sais. Papa et vous ne cessiez de me le répéter, soupire Émilie. Mais j'aimerais tant savoir ce qu'il est arrivé à Charlotte ! Je ne sais même pas si elle a survécu à la Révolution !

# XXVIII

– Émilie ! Comment allez-vous ?

Constance se précipite en direction de son amie qui vient d'arriver.

– Beaucoup mieux depuis qu'un policier reste devant la maison, avoue Émilie en serrant fort les deux mains de son amie. Et vous ?

– Je me suis beaucoup inquiétée pour vous, déclare Constance. Lorsque l'inspecteur a demandé à voir mes parents à la suite d'une intrusion rue de la Plume, j'ai eu très peur.

– Est-il resté longtemps ? s'inquiète Émilie.

– Un moment, raconte Constance. Il a tenu à savoir ce que nous avions fait ce jour-là, si nous avions gardé une clé, quels étaient nos liens avec vous et votre maman…

– Je suis désolée…, s'excuse Émilie.

– Mais ce n'est rien ! Nous avons répondu avec la plus grande franchise à toutes ses questions, et cela a semblé lui suffire.

– Vous ne paraissez pas vous tourmenter beaucoup de toute cette histoire, constate Émilie.

– Au contraire, avoue Constance. Je ne devrais pas vous dire cela, car vous avez dû avoir une peur immense, mais cette affaire me réjouit.

– Pourquoi ?

– Théophile n'a pas été autorisé à rejoindre son école hier soir, révèle Constance. Il est forcé de rester avec nous ! Je suis si heureuse !

– Eh oui ! Me voici devenu le suspect numéro un !

La voix puissante du grand frère de Constance fait tressaillir Émilie. Elle ne l'a pas entendu entrer dans la pièce.

– Bonjour, Émilie, la salue Théophile en se penchant légèrement sur sa main. Vous permettez que je vous appelle Émilie ? Constance n'a que votre prénom à la bouche et j'en suis devenu jaloux.

Émilie regarde ses pieds en rougissant.

– Je prends cela pour une réponse positive, enchaîne le jeune homme avec entrain. Que diriez-vous de nous accompagner à la Société de Saint-Vincent-de-Paul ? lui propose Théophile. Cela fait si longtemps que je n'y suis pas allé que cela me manque. Je vis entouré de jeunes gens riches et bruyants qui me font parfois perdre le sens des vraies choses.

– Mais nous ne sommes pas vendredi, s'étonne Émilie.

– Qu'importe ! lance Théophile. Pensez-vous qu'il ne faille vivre de charité que le vendredi ?

– Euh, non ! bredouille Émilie.

– Vous êtes donc des nôtres. Et votre tenue me paraît tout à fait convenir à cette occasion.

Émilie baisse les yeux sur sa robe. Elle s'en veut soudain de ne pas avoir accordé plus d'attention à sa tenue. Les événements de cette fin de semaine l'ayant peinée, elle ne se sentait pas le cœur à déployer des trésors de coquetterie en s'habillant ce matin. Elle avait choisi une robe d'un bleu très foncé, bordée de dentelle noire. Pour toute coiffure, elle avait noué un épais ruban de velours de la même couleur, qui laissait flotter librement ses cheveux sur ses épaules. Avec son manteau sombre, la tenue est tout à fait de circonstance en effet.

En grimpant dans la voiture à cheval, Théophile continue de parler. Sa bonne humeur est communicative. Il est agréable et prévenant. Émilie ne se lasse pas de l'écouter. Elle voudrait que le trajet ne s'arrête jamais.

– Nous irons visiter une famille que je connais depuis longtemps, précise-t-il. La dernière fois que j'y suis allé, l'un des enfants avait de la fièvre et il toussait énormément.

– Quand était-ce ? lui demande Constance.

– Voilà bien quatre mois maintenant.

– Il sera sans doute guéri, estime Constance.

– Sans doute, mais je voudrais m'assurer que ce n'était pas plus grave. Romain, le petit garçon, travaille dans une filature. Il est rattacheur.

– Rattacheur ? répète Émilie, qui entend ce mot pour la première fois.

– Il est chargé de se glisser sous les métiers à tisser pour renouer entre eux les fils cassés, explique Théophile. Seuls les enfants sont capables de faire ce travail-là, car il faut être minuscule pour se glisser sous les grosses machines.

– Mais quel âge a Romain ? demande Émilie.

– Huit ans.

Émilie n'en croit pas ses oreilles. Elle ne s'imaginait pas que les enfants puissent déjà travailler à cet âge-là.

– Pourtant l'école est obligatoire ! Jules Ferry, le ministre de l'Instruction publique, a fait voter une loi il y a quatre ans ! s'indigne-t-elle.

Théophile hausse le sourcil avec intérêt. Il ne s'attendait pas à entendre parler d'économie et de politique par une si jeune fille.

– Vous avez raison, l'école est obligatoire, admet-il assez impressionné. Néanmoins, beaucoup contournent encore la loi. Un enfant qui va à l'école ne peut pas travailler. Il ne peut donc pas rapporter un peu d'argent quand la famille en manque cruellement.

La voiture à cheval les dépose au bout d'une ruelle étroite et sombre.

– Attendez-nous ici, dit Théophile au cocher. Nous ne devrions pas être très longs. Restez auprès de moi, ajoute-t-il à l'adresse des deux jeunes filles qui le suivent. Les gens me connaissent ici, ils sauront que vous êtes avec moi. Ils ne vous embêteront pas.

Émilie lui adresse un petit sourire inquiet.

– Ces gens n'ont rien, lui dit-il. Pourrions-nous leur en vouloir de lorgner après nos bourses et nos beaux habits ?

Émilie secoue la tête.

– Mais rassurez-vous, répète Théophile, avec moi, vous ne risquez rien.

Émilie regarde Constance d'un air interrogateur. Son amie semble beaucoup plus sereine qu'elle.

– Je suis déjà venue ici avec Théophile, lui glisse-t-elle. Tout s'est très bien passé.

Les jeunes filles emboîtent le pas derrière Théophile et s'enfoncent dans la ruelle. Elles prennent garde à éviter soigneusement les flaques boueuses qui stagnent entre les pavés. Un vent glacial souffle entre les maisons, s'infiltrant sous les épais manteaux des deux amies.

– Brrrr ! frissonne Émilie.

Elle regarde autour d'elle avec appréhension. Ce quartier est encore plus misérable que celui où elle s'est rendue avec madame Cerisaie la dernière fois. La plupart des maisons ont les fenêtres obstruées par des planches de bois. Un long râle s'échappe de l'une d'entre elles. Émilie s'approche inconsciemment de Théophile.

– N'y prêtez pas attention et suivez-moi.

La voix du jeune homme est douce et calme. Émilie se sent en sécurité à ses côtés.

Leur petit groupe croise une maison dont il ne reste que quelques planches calcinées.

– Qu'est-ce que… ? interroge Constance.

– Sans doute un incendie, lui explique son frère sans élever la voix pour ne pas attirer trop l'attention. Les gens d'ici improvisent de petits braseros dans des récipients en fonte pour se chauffer. Ils y brûlent des chiffons, des papiers, de la paille. Souvent, ils s'endorment dans cette faible chaleur. Les incendies sont fréquents.

Émilie pense à Eugénie qui, chaque soir, lui chauffe son lit avec une bassinoire brûlante remplie de braises. Ce luxe lui semble tout à coup d'une extrême insolence. Elle en rougit de honte.

Théophile semble avoir lu dans ses pensées.

– Vous n'y êtes pour rien, Émilie. Mais vous pouvez les aider à mieux supporter cette misère en étant à leurs côtés et à leur écoute.

Théophile ralentit. Ils arrivent enfin à hauteur de la maison qu'ils viennent visiter. Les volets sont fermés. Un morceau de ruban noir est pendu à la porte.

Le visage de Théophile se décompose soudain.

– Oh, non ! murmure-t-il.

Rochefort, le 23 novembre 1793

Ma chère Élisabeth,

La vie à Rochefort est bien plus douce que je ne le craignais. Cela ne doit rien au climat qui reste le même que celui de La Rochelle, froid et humide en cette période de l'année. J'ai remis mes gros bas de laine et je ne sors plus sans mon épais châle. Il me protège du vent froid qui arrive souvent par la mer.

Ne croyez pas non plus que l'époque soit à l'accalmie. Non, la Terreur bat son plein et ces messieurs de l'Assemblée peuvent être fiers du résultat. Ils ont réussi à plonger le pays dans la détresse.

Pourtant, chère Élisabeth, j'ai le cœur bien plus léger qu'il y a de cela quelques semaines.

Je vous parlais très rapidement dans ma dernière lettre du jeune homme chez lequel le citoyen Maubert et moi-même avons trouvé le gîte. Il s'appelle Thomas du Tertre. C'est à lui que je dois de ressentir moins durement notre situation.

Je vous confiais qu'il était bel homme. Il l'est vraiment en vérité. Il est grand, sans doute plus que ne l'était notre père, mince mais robuste. Ses cheveux sont châtains et il les porte courts. Ses yeux

marron pétillent d'intelligence même si j'y lis bien souvent une insondable mélancolie. Il a les mains fort jolies et je ne me lasse pas de les regarder lorsqu'il soigne ses malades.
Ma chère sœur, en me lisant, vous en déduirez aisément que mon cœur est pris par ce jeune homme. Je ne le démentirai pas. Je savoure chaque instant passé en sa présence, même si je déplore que l'ignoble Maubert ne nous laisse jamais beaucoup l'occasion de nous retrouver en tête à tête. Notre mère serait heureuse de voir que j'ai un chaperon en sa personne et que, ainsi, nous pouvons respecter les convenances ! Je doute qu'elle eût choisi Maubert pour m'accompagner partout, mais le fait est qu'il tient son rôle à merveille, sans même le savoir.
Thomas du Tertre est médecin, comme je vous le disais. Il a perdu ses parents lorsqu'il était encore très jeune et il habite depuis leur grande maison dans le centre de Rochefort. Une vieille tante vivait avec lui et veillait sur lui. Elle est morte il y a quelques mois, après une chute dans le grand escalier qui arrive dans le hall de la maison.
Thomas du Tertre se rend chaque jour à l'hôpital de la Marine pour y prodiguer des soins. Il passe également beaucoup de temps auprès des trop nombreux prisonniers, qui s'entassent dans les geôles de la ville. Le tribunal révolutionnaire de Rochefort fait du zèle. Les prisons ne savent plus que faire des « ennemis de la nation » qu'on y amène chaque jour.
Notre hôte se montre d'une incroyable discrétion. Il soigne sans rechigner, révolutionnaire ou « ennemi du peuple ». Il ne semble pas faire la moindre distinction entre les deux. Sa simplicité et sa douceur, ainsi que sa connaissance de la médecine, lui permettent

sans doute de passer au travers des événements sans être inquiété. Je me demande simplement dans quel camp il se trouve. Mais existe-t-il vraiment des camps ? Ne s'agit-il pas simplement de défendre les plus faibles contre ceux qui usent de leur autorité et de leur pouvoir pour faire du mal autour d'eux. Personne n'est jamais tout à fait bon ni tout à fait mauvais. Les armées révolutionnaires ne sont pas les seules à faire des ravages sur leur passage. La monstruosité existe de tous côtés.

Une question me taraude cependant, chère Élisabeth. Thomas du Tertre croit-il en notre Seigneur ? Je n'ai pu assister qu'à très peu d'offices depuis mon arrivée à Rochefort, mais je ne l'y ai jamais rencontré. Je prie pour que nous partagions la même foi.

Je vous avoue être très attachée à ce jeune homme, et vous vous demandez sûrement ce qu'il en est de lui. Je ne saurais en être tout à fait certaine, mais il me semble que je ne lui suis pas indifférente. Il demeure cependant si réservé... et la présence de Maubert ne nous permet pas de nous laisser aller à quelque confidence.

Ma chère sœur, je ressens aujourd'hui plus que jamais la cruauté de votre absence. J'aimerais tant que nous puissions discuter l'une et l'autre de ce qui touche nos cœurs et occupe nos vies. Qu'en est-il de vous ? Avez-vous rencontré quelque plaisant jeune homme en Angleterre ? Connaissez-vous comme moi les tourments de l'amour, qui me laissent heureuse et désespérée à la fois ? Je vous le souhaite de tout cœur.

Soyez heureuse !

Charlotte

# XXIX

Rassemblée autour de l'unique lit de la maison, la famille se tient en silence, assommée par le chagrin. Théophile est debout derrière, le dos courbé car le plafond de la maison est bas, beaucoup trop bas pour un jeune homme de sa taille.

Émilie est restée tout près de la porte. Elle observe la scène avec horreur. Constance à ses côtés, sanglote en silence.

Un long murmure monte dans la minuscule maison :

– *Pater noster, qui es in caelis*

*sanctificetur nomen tuum*

*adveniat regnum tuum*

*fiat voluntas tua...*

Émilie ouvre de grands yeux médusés.

« Ils prient, pense-t-elle. Comment peuvent-ils prier dans ces moments-là ? »

La jeune fille sent une sourde révolte monter dans sa poitrine, tandis que la famille poursuit.

– *Ave Maria, gratia plena,*

*dominus tecum,*

*benedicta tu in mulieribus,*

*et benedictus fructus ventris tui Iesus.*

*Sancta Maria mater Dei,*

*ora pro nobis peccatoribus,*

*nunc, et in hora mortis nostrae.*

*Amen.*

Constance s'est agenouillée sur le sol, malgré la crasse, et elle s'est jointe à la prière. Elle a sorti de sa poche un long chapelet dont elle égrène les petites boules noires une à une.

– *Ave Maria, gratia plena…*

Parfois, près du lit, quelqu'un tousse ou bouge. Émilie entrevoit alors le corps minuscule qui repose sur les draps grisâtres. L'enfant est si maigre, si pâle. Son petit corps inerte flotte dans les vêtements trop grands qui l'habillent.

« Romain, huit ans », pense-t-elle avec désespoir.

Émilie sent la douleur lui nouer la gorge. Ses yeux la piquent. Elle réprime un sanglot.

Lorsque la prière se termine enfin, tout le monde s'écarte du lit avec un calme immense. Constance s'est relevée. Elle a séché ses larmes.

– Merci, murmure la maman du petit Romain en serrant le bras de Théophile.

– J'aurais tant voulu être là, regrette le jeune homme.

– Vous n'auriez rien pu faire, le réconforte la pauvre mère. Il était rongé par la fièvre. Après que vous êtes venu, il a commencé à cracher du sang.

– La phtisie..., souffle Théophile.

– Oui. Les enfants des ateliers l'attrapent tous. Les fils de laine s'envolent et viennent s'accrocher à leurs poumons.

– Que puis-je faire pour vous aider ? demande Théophile avec douceur.

– Priez pour nous, répond simplement la mère de Romain. Priez pour nous, répète-t-elle les yeux perdus au loin.

Théophile la serre alors dans ses bras. Avant de partir, il fouille dans la poche de son beau costume sombre et glisse quelques billets dans le tablier de la mère de Romain.

– N'envoyez plus vos enfants à l'atelier ! lui demande-t-il, implorant. Ne les envoyez plus là-bas.

La femme ne répond pas. Elle attire à elle une fillette aux cheveux sales et lui caresse la tête machinalement.

– J'essaierai, souffle-t-elle enfin.

Dans la rue, Émilie ne dit pas un mot, pas plus que Constance. Théophile marche devant elles, les poings enfoncés dans les poches de son habit. Il marche, raide, tendu à l'extrême. Les muscles de ses épaules saillent sous le tissu de sa redingote. Il a quitté l'air doux et recueilli qu'il affichait devant la maman du petit Romain. Ses yeux brillent d'un éclat nouveau. Il bouillonne de colère rentrée.

– Pourquoi ? crie-t-il subitement en direction du ciel. Pourquoi ?

Constance presse le pas pour rejoindre son frère. Elle pose délicatement la main sur son épaule mais ne dit rien. Les mots sont superflus dans ces moments-là.

Dans la voiture, Émilie revoit chaque détail de la scène. Le pauvre lit, le silence, le corps décharné de l'enfant, les vêtements des uns et des autres, teints en noir, rapidement, pour marquer le deuil, le calme de la mère de Romain, la prière...

– Constance, Émilie, pardonnez-moi de vous avoir infligé cela, dit enfin Théophile. Je ne vous aurais jamais emmenées si j'avais su...

Sa voix se brise. Théophile relève la tête et concentre son regard sur un point invisible à l'horizon. Émilie comprend qu'il cherche à leur dissimuler sa peine.

– Il faut prier pour eux, continue-t-il après un long silence. C'est le seul soutien que nous pouvons leur apporter en ce mom...

– Prier ! l'interrompt Émilie avec rage. Vous n'avez que ce mot à la bouche.

Constance et Théophile dévisagent Émilie avec stupéfaction. La jeune fille a retenu trop longtemps ce qu'elle avait sur le cœur. Ses émotions se libèrent d'un seul coup. Elle doit s'exprimer, dire sa colère et son incompréhension.

– Elle était belle, votre prière, poursuit-elle avec affront, mais elle ne fera pas revenir leur fils !

Constance n'a jamais vu son amie aussi remontée.

– Pensez-vous que votre prière soulagera leur douleur ? continue Émilie. Ils ont mal ! Ils ont perdu leur fils et vous les assurez de vos prières. La belle affaire ! À quoi cela leur servira-t-il ?

Émilie ravale un sanglot, regarde Constance avec désespoir puis fond subitement en larmes. Son amie est désemparée. Elle ne sait pas comment réagir. Émilie a perdu son père depuis si peu de temps que cette scène a dû faire ressurgir une vague de souvenirs douloureux.

– Vous avez raison…

Théophile parle sans regarder Émilie. Sa voix est un peu sourde.

– Vous avez raison, Émilie, reprend-il, la prière ne leur rendra pas leur fils. Mais refuser de prier ne le leur rendra pas davantage.

Émilie encaisse le coup. C'est vrai. Elle n'a pas prié à la mort de son père et cela ne l'a pas fait revenir non plus.

– Si cela ne change rien, relance-t-elle avec défi, à quoi cela sert-il ? Après votre prière, ces gens paraissaient résignés. On aurait dit qu'ils acceptaient la mort de cet enfant comme une fatalité. Mais on ne peut pas se résigner face à la mort ! s'indigne-t-elle. La mort est une injustice ! Elle prive les hommes de ceux qu'ils aiment…

Émilie ne peut poursuivre. Sa douleur est trop grande. Théophile tente de l'apaiser.

– La prière n'empêche pas de hurler sa douleur. Elle n'empêche pas la colère. Néanmoins, après la tempête, elle vient nous apaiser. Ces gens que vous avez vus n'étaient pas résignés. Ils étaient apaisés, même si cela ne les empêchera pas, demain, de crier leur douleur de nouveau. À travers la prière, le Christ souffrant vient partager notre peine et nous aider à la porter.

– Elle est si lourde..., murmure Émilie comme pour elle-même.

Un silence épais s'est installé dans la voiture. Émilie garde la tête obstinément penchée pour cacher les larmes qu'elle ne parvient pas à retenir. À ses côtés, Théophile est bouleversé. Il voudrait la réconforter, l'entourer de son bras, mais il se sent gauche, terriblement démuni. Cette jeune fille le touche bien plus qu'il n'oserait se l'avouer.

# XXX

Émilie ne veut pas retourner chez les Cerisaie. Elle demande à ce qu'ils la déposent directement chez elle. En arrivant, elle ne dit pas un mot à sa mère. Elle part s'enfermer dans sa chambre et se jette sur son lit.

Allongée, Émilie fixe le plafond et laisse le chagrin la submerger tout à fait. Elle ne retient pas ses larmes.

– Pourquoi ? Pourquoi ? murmure-t-elle en pensant à son père.

Émilie ne parvient pas à comprendre pourquoi son père est parti, la laissant seule avec toutes ses questions, ses angoisses.

La scène de l'après-midi l'a bouleversée. Si elle ne peut pas accepter la mort de son père, elle accepte encore moins celle d'un enfant.

Émilie laisse couler ses larmes en silence. Elle les sent qui baignent ses joues et vont mouiller peu à peu l'édredon sur lequel elle s'est jetée. Elles forment comme un long flux continu qui l'apaise doucement.

Émilie s'est endormie lorsqu'on frappe à la porte de sa chambre. Elle ouvre un œil, regarde autour d'elle et met quelques secondes à se remémorer ce qui vient de se passer. Quelqu'un frappe de nouveau.

– Émilie ? appelle doucement sa mère à travers la porte.

– Oui ! répond Émilie.

Madame Décochet ouvre la porte et s'avance vers le lit de sa fille, un sourire doux sur les lèvres.

– Comment te sens-tu ? lui demande-t-elle.

Émilie ne répond pas. De nouveau, la tristesse l'envahit. Ses yeux s'embuent de larmes.

– Je sais, continue sa mère. Je sais ce qui s'est passé. Théophile Cerisaie m'a tout raconté.

Émilie réprime un sanglot de dépit. Comme elle a dû lui paraître idiote à pleurer ainsi sans retenue !

– Lorsqu'il t'a déposée, il est resté pour s'excuser et me raconter la scène à laquelle tu venais d'assister. Il était profondément désolé que cela ait pu te bouleverser à ce point.

– Il était désolé ? demande Émilie.

– Oui, ma chérie. Et il était sincère. Lui-même et sa sœur étaient profondément bouleversés. Mais je suppose que la mort de ton père t'a fait ressentir plus cruellement encore la détresse de cette situation.

– Oh, maman ! lance Émilie. Pourquoi ?

– Je ne sais pas, ma chérie, avoue madame Décochet. La mort nous dépasse. Elle frappe çà et là, sans explications.

Émilie se tait. Elle voudrait faire quelque chose, mais elle ne sait pas quoi.

– Papa est mort sans raison, reprend-elle d'une voix faible. Mais cet enfant... Nous aurions pu éviter qu'il ne meure ! dit-elle en haussant le ton.

– Il était déjà malade, dit sa mère. Son travail à la filature l'avait épuisé.

– Mais il aurait dû aller à l'école ! s'exclame Émilie. Si on avait donné de l'argent à ses parents, il serait allé à l'école et il vivrait encore, aujourd'hui.

– Je ne pense malheureusement pas que les choses soient aussi simples, dit madame Décochet. Si ces gens avaient reçu de l'argent, ils en auraient profité pour aider ceux qui vivent autour d'eux. Leur quotidien aurait été amélioré, mais ils auraient sans doute continué d'envoyer leurs enfants à l'usine. Les hommes ne veulent pas vivre que de la charité d'autrui. Ce qui est important à leurs yeux, ce n'est pas d'avoir de l'argent mais d'être capable de gagner leur vie par le fruit de leur travail.

– Mais si leur travail ne leur rapporte pas assez d'argent ? la coupe Émilie.

– Voilà le vrai problème, admet sa mère. C'est là que se situe l'injustice. Ces gens travaillent énormément et dans des conditions indécentes pour gagner à peine de quoi vivre. Alors, ils font travailler leurs enfants...

Rochefort, le 12 décembre 1793

Ma chère Élisabeth,

J'ai croisé hier dans la rue une bande de petits enfants couverts de poudre blanche. Ils se rendaient au Comité de salut public pour y porter un maigre sac de salpêtre. Depuis le 4 décembre en effet, nous sommes tous tenus de participer à l'effort de guerre de notre pays.

Vous n'êtes pas sans savoir, je pense, que la France est soumise à la pression des armées étrangères. Pour les contenir, l'armée républicaine a besoin d'hommes et de munitions. La mobilisation de force des jeunes hommes a déjà provoqué bien des réactions. Les Vendéens ne l'ont pas acceptée et se sont révoltés contre elle. Les combats qui sévissent un peu plus au nord sont d'une rare violence.

Aujourd'hui, le Comité de salut public demande un effort supplémentaire à la population déjà accablée. Hommes, femmes et enfants sont sommés de récolter le plus de salpêtre possible, qui permettra de fabriquer de la poudre à canon. L'Angleterre refusant d'en vendre à notre armée, c'est à nous de trouver un moyen d'en produire de plus grosses quantités.

Quelle peine j'ai de voir ces enfants minuscules passer de longues heures dans des caves humides et sombres à racler les murs couverts de cette fine poussière blanche qui s'accroche partout et les fait éternuer ! L'hiver est glacial. Il leur faut pourtant rester enfermés dans des lieux plus glacials encore. Savent-ils seulement à quoi servira leur pénible travail ?
Vous le savez, chère Élisabeth, le sort des enfants ne me laisse jamais indifférente. Quand je les vois si démunis, je ne peux m'empêcher de souffrir avec eux. Mais ils sont également si pleins de vie, d'innocence et de beauté. Je me plais à les regarder longuement jouer à la toupie ou lancer des cailloux.
Je crois, Élisabeth, que notre mission à votre retour sera passionnante et indispensable. Je me réjouis à l'idée d'entendre les pièces de l'Espérance bruire de cris et de rires d'enfants. Papa et maman en auraient été ravis. Ils craignaient tant que le château ne tombe à l'abandon après leur disparition ! J'ai hâte que cette terrible période que nous traversons prenne fin et que vous reveniez à moi. Nous pourrons alors commencer ce que nous nous sommes promis de faire.
Priez, ma chère sœur, pour que le temps revienne au calme et à la paix.

Charlotte

# XXXI

Cela fait plusieurs jours qu'Émilie n'a pas vu Constance lorsque Ernestine vient lui porter un message de son amie l'invitant à la rejoindre chez elle. Monsieur de Naps, historien passionné, est venu leur rendre visite. Constance espère qu'Émilie pourra se libérer assez tôt pour le rencontrer.

– Je suis heureuse que vous soyez venue. Je craignais que vous ne soyez fâchée contre nous, avoue Constance en accueillant Émilie dans le hall d'entrée de leur jolie demeure.

– Fâchée ? s'étonne Émilie. Je ne l'étais pas. J'ai seulement eu besoin d'un peu de temps pour apaiser toutes mes émotions.

– Théophile voulait que nous allions vous rendre visite, dit Constance. Il voulait prendre de vos nouvelles. Il se sent responsable.

Un mince sourire vient éclairer le visage d'Émilie. Il avait donc pensé à elle...

– Vous me parliez de monsieur de Naps dans votre message, dit-elle pour changer de conversation.

– Oui ! répond aussitôt Constance. Il est avec maman et un autre ami dans le salon d'hiver.

– Pensez-vous que nous pourrons lui parler en privé ? demande Émilie.

– Pourquoi cela ?

– Je ne voudrais pas que tout le monde connaisse l'existence de ces lettres.

Constance se mord la lèvre. Elle semble très ennuyée.

– Eh bien..., commence-t-elle d'une petite voix gênée.

Émilie dévisage son amie avec attention.

– Vous en avez déjà parlé à d'autres ? lui demande-t-elle en prenant un air sévère malgré elle.

– Oui, souffle Constance. Théophile est au courant.

Émilie n'est pas étonnée. Si ce n'est que Théophile, elle comprend. Mais Constance poursuit :

– Papa connaît également l'histoire de Charlotte. Et nous étions justement en train d'en discuter avec les amis de maman.

Émilie fronce les sourcils. Elle en veut un peu à son amie de ne pas avoir su tenir sa langue.

– Je ne savais pas, s'excuse Constance. Maintenant que nous avions commencé à retrouver la trace de Charlotte, je pensais que nous pouvions en parler pour obtenir davantage d'indices.

Constance semble extrêmement embarrassée. Elle n'ose plus regarder son amie droit dans les yeux.

– Bah ! lâche finalement Émilie. Vous avez raison. J'espère que nous allons en découvrir un peu plus. Il me tarde de savoir ce qu'est devenue Charlotte d'Espérance.

– Pensez-vous qu'elle ait pu mourir pendant la Révolution ? questionne Constance.

– Qui sait ? Ses lettres se terminent si brutalement.

Lorsque Constance et Émilie pénètrent dans le petit salon d'hiver, tous les regards se tournent vers elles. Théophile se lève instantanément et se dirige vers Émilie avec un large sourire.

– Vous êtes venue ! s'exclame-t-il, soulagé.

– Vous êtes là ? s'étonne Émilie, dont le cœur bondit de joie.

– J'ai promis d'assister aux funérailles de Romain, répond-il très vite. C'est pour cela que je suis resté.

Un voile passe rapidement dans les yeux d'Émilie.

– Et puis, n'oubliez pas que je suis toujours suspect ! ajoute Théophile sur un ton plus léger.

Émilie sourit. S'il fallait soupçonner quelqu'un chez les Cerisaie, elle l'éliminerait sans hésiter. Elle chercherait plutôt du côté d'Alphonse...

– Mais laissez-moi vous présenter nos invités, poursuit Théophile en lui prenant délicatement le bras.

– Maman ! annonce-t-il en s'arrêtant devant madame Cerisaie.

– Madame, salue Émilie en esquissant une rapide révérence.

– Émilie, je suis heureuse que vous soyez là.

Le regard de madame Cerisaie est appuyé comme si elle lui disait « Courage ! Soyez forte ! ».

Théophile continue les présentations.

– Monsieur de Naps.

– Mademoiselle, salue le vieux monsieur en se soulevant à peine de son fauteuil. Excusez mon grand âge, ajoute-t-il. Mes os sont rompus. Cela fait de moi un goujat !

Les yeux du vieil homme pétillent de malice. Il est enfoncé dans un fauteuil profond et garde l'une de ses mains appuyée sur le pommeau en argent ciselé de sa canne. Son costume sombre et son épaisse cravate noire font ressortir les gros favoris blancs qui encadrent son visage.

– Ma chère amie, madame Cerisaie, m'a dit que vous étiez un fin limier, la taquine-t-il. Je suis là pour répondre à vos questions.

Émilie incline légèrement la tête.

– Merci, murmure-t-elle.

– Vous aurez tout le loisir de discuter, les coupe gentiment Théophile. Laissez-moi terminer les présentations auparavant.

Le jeune homme entraîne alors Émilie devant le dernier convive. Du même âge que Théophile sans doute, l'homme qui se tient devant Émilie est grand, brun, avec des yeux verts cerclés de noir. Sa mâchoire carrée et ses cheveux coupés court dégagent une force qui intimide un peu la jeune fille.

– L'abbé Sébastien Dubreuil, le présente Théophile.

Émilie remarque alors seulement la longue soutane noire qui sert de vêtement au jeune prêtre. Comme il était assis un peu en retrait, elle n'avait pas prêté attention à ses habits.

Émilie jette un regard en direction de Constance, qui lui répond aussitôt par un large sourire. L'une et l'autre repensent à leur conversation sur la vocation, il y a de cela quelques jours. Émilie pensait alors que le Seigneur n'appelait à le suivre que les personnes les moins bien faites. En observant de nouveau l'abbé Dubreuil à la dérobée, force est de constater qu'elle se trompait. Dieu appelle aussi à son service des hommes très beaux.

– Nous parlions des lettres que vous avez découvertes dans la chambre de ma mère, entame madame Cerisaie lorsqu'Émilie prend place au milieu d'eux. Monsieur de Naps trouve cette histoire passionnante.

– Passionnante en effet ! renchérit le vieil homme. Je comprends que vous souhaitiez retrouver la trace de ces deux sœurs Espérance.

– Nous nous demandons effectivement ce que l'une et l'autre sont devenues, dit Émilie. Les lettres de Charlotte d'Espérance se terminent si subitement...

– Hélas, Mademoiselle, bien des destins ont été brutalement arrêtés durant la Révolution.

– Je sais, répond Émilie. J'espère simplement qu'il n'en a pas été de même pour Charlotte.

– Savez-vous que même les plus grandes figures de la Révolution ont terminé sur l'échafaud ? poursuit monsieur de Naps. Personne n'était à l'abri, je le crains. Danton, Desmoulins, Robespierre... Ils ont tous eu la tête coupée.

Émilie réprime un frisson. Elle ne peut imaginer que les choses se soient passées ainsi pour Charlotte.

– Madame Cerisaie m'expliquait que votre mystérieuse correspondante avait infiltré le milieu révolutionnaire pour sauver les prêtres réfractaires, dit monsieur de Naps. C'est fort courageux de sa part. Mais si elle a été prise, elle a sans doute été considérée comme une traîtresse. Or les traîtres étaient peu appréciés...

Rochefort, le 4 janvier 1794

Ma chère Élisabeth,

Nous entrons dans une nouvelle année. Puisse-t-elle être moins triste que celle que nous venons de quitter. Je forme le vœu que 1794 soit l'année qui verra votre retour.

J'ai assisté il y a quelques jours à une scène épouvantable. Lorsque la faim le taraude, l'homme est capable de se transformer en bête. Depuis quelques mois, je vous l'ai déjà écrit il me semble, toute personne que l'on découvre ayant dissimulé du blé est passible de mort. Le grain est devenu si onéreux en effet que l'on condamne ceux qui le gardent à seule fin de le revendre plus tard, et plus cher. Le Comité de salut public a bien essayé de fixer un prix maximal au-delà duquel le blé ne s'achète plus afin de limiter la fraude et d'assurer la subsistance de la population. Ses efforts furent vains. La faim n'entend rien aux réformes économiques. C'est donc la manière forte qui a été privilégiée.

Il y a six jours, un homme a été découvert, cachant six sacs de blé sous la couche de sa misérable masure. Personne n'a cherché à savoir pourquoi ces grains étaient ici, ni à quel usage il les réservait. Qui sait s'il n'y avait pas là toutes ses réserves durement mises de côté pour l'hiver ? Des hommes ont été chargés de le conduire aux membres du Comité. Ils sont venus le chercher, mais la rumeur avait déjà fait son œuvre. Tout le monde était au courant que cet homme avait caché des sacs de grains alors que beaucoup meurent de faim. Les soldats ont été bien incapables de contenir la foule enragée. Le pauvre a été roué de coups. Les hommes le frappaient. Les femmes lui crachaient au visage. Quand les soldats, finalement, sont parvenus à destination avec lui, les membres du Comité n'ont pas même eu besoin d'exécuter la sentence. L'homme était déjà mort.

Je frissonne de peur en écrivant ces mots, car je me rends compte combien le sort des traîtres n'est guère enviable de nos jours. Je prie notre Seigneur de me protéger de cela.

Dieu vous garde, et me garde aussi,

Charlotte

# XXXII

Monsieur de Naps est catégorique : il est très possible que les émigrés ayant fui en Angleterre soient revenus en France en débarquant à Rochefort.

– Savez-vous à partir de quelle date les premiers émigrés sont rentrés ? demande Émilie.

Monsieur de Naps réfléchit un instant avant de répondre :

– Le 23 octobre 1792, un décret statua que tous les émigrés qui repasseraient la frontière seraient condamnés à mort. Un peu plus tard, l'année suivante, on déclara qu'ils n'étaient plus des citoyens français et que leurs biens revenaient donc à la République.

– Et en 1796 ? coupe Émilie, impatiente de savoir.

– Il n'est pas du tout recommandé à un émigré de rentrer au pays, répond tout de suite le vieux monsieur. Ce n'est qu'en 1798 que les émigrés les moins compromis purent commencer à revenir.

– Élisabeth d'Espérance, par exemple, pense tout haut Constance.

– La sœur de votre chère inconnue ? demande monsieur de Naps.

– Oui, dit Constance. Elle est partie en Angleterre en 1792.

– Au mois d'octobre, sûrement, complète Émilie.

– Avec ses parents ? questionne le vieil homme.

Assis en face d'Émilie, Théophile observe la jeune fille avec amusement. Elle est si plongée dans ses réflexions et si attentive à ce que lui dit monsieur de Naps qu'elle ne lui prête pas la moindre attention. Le jeune homme est soulagé de voir qu'elle va bien. Il savait qu'elle venait de perdre son père, mais il ne s'attendait pas à une telle réaction de sa part. L'incident survenu lundi n'a cessé de le tourmenter depuis.

Le frère de Constance détaille Émilie en silence. La passion qui anime ses traits lorsqu'elle parle lui plaît. Son visage est franc. Son caractère est entier. Il aime cela. Bien plus que les insipides demoiselles qu'il a l'habitude de croiser dans les réceptions auxquelles il est invité. Elles se ressemblent toutes. Elles le dévorent des yeux lorsqu'il s'adresse à elles. Aucune n'ose jamais le contredire quand il dit quelque chose. Émilie semble différente. Sa façon de s'enflammer et de le braver sur le chemin du retour l'a déconcerté. Jamais encore une jeune fille ne lui a ainsi tenu tête. Il est obligé de reconnaître que ça lui plaît.

– Élisabeth est partie seule en Angleterre, déclare Émilie. Enfin, c'est ainsi que nous le supposons. Peut-être était-elle accompagnée d'une domestique ou d'un lointain parent. Nous n'en savons rien.

En revanche, il est certain que ses parents n'étaient pas avec elle. Ils étaient morts tous les deux.

Monsieur de Naps lisse l'un de ses épais favoris en fronçant les sourcils.

– Une jeune fille seule n'est pas un élément inquiétant ni très dangereux, réfléchit-il tout haut. Je doute qu'elle ait été perçue comme un ennemi de la République.

– Donc ? trépigne Émilie.

– Il est fort plausible qu'elle soit rentrée en France dès 1798, conclut monsieur de Naps. Néanmoins, je pencherais plutôt pour un retour à partir de 1802, ajoute-t-il immédiatement. La situation aurait été beaucoup plus sûre pour elle.

Émilie et Constance se regardent d'un air entendu.

– 1798..., commence Émilie.

– C'est possible ! l'interrompt Constance. Agathe Barbier, l'arrière-grand-mère de maman, est née en 1798 à Rochefort.

Émilie se hâte de conclure :

– Élisabeth a pu rentrer en France – sans doute était-elle déjà mariée alors avec un certain monsieur Barbier – et avoir son enfant à Rochefort.

Émilie est heureuse. L'enquête avance. Elle s'appuie au dossier de son fauteuil avec une sorte de soulagement et laisse son imagination vagabonder. C'est alors qu'elle sent un regard peser sur elle. Elle relève les yeux et rencontre ceux de Théophile. Émilie s'empourpre et détourne rapidement la tête.

# XXXIII

L'enveloppe est glissée au milieu de la pile de courrier que madame Décochet reçoit chaque jour. Depuis la mort de son mari, elle ne cesse de recevoir des lettres d'affection de tous ceux et celles qu'ils avaient l'habitude de fréquenter ensemble. Ces marques d'amitié lui sont précieuses pour supporter l'absence de son époux. Désormais, elles s'accompagnent parfois d'une invitation à un dîner ou à un thé. La jeune veuve hésite encore à sortir de chez elle, mais elle reçoit de plus en plus souvent des amies qui viennent lui rendre visite et brisent sa solitude.

L'écriture sur l'enveloppe est petite et serrée.

*À Mademoiselle Décochet et Mademoiselle Cerisaie*
*Rue de la Plume*
*Lyon*

Le cachet, quant à lui, ne laisse aucun doute sur la provenance de la missive. « La Rochelle », indique-t-il.

Madame Décochet pose la lettre bien en évidence sur la table de l'entrée. Émilie la trouvera quand elle rentrera.

# XXXIV

– Que pensez-vous de toute cette histoire, monsieur l'abbé ? demande madame Cerisaie en se tournant vers le jeune prêtre, qui n'a pas parlé depuis l'arrivée d'Émilie.

– J'avoue trouver ce récit passionnant également, répond poliment l'abbé Dubreuil. Mais sans doute n'est-ce pas pour les mêmes raisons que ces deux jeunes filles, ajoute-t-il en souriant.

– Je trouve que la mission que mène Charlotte d'Espérance pour sauver des prêtres réfractaires est courageuse et fort belle, s'enflamme Constance.

– En effet, admet l'abbé Dubreuil. Sans des personnes comme elles, le nombre de victimes parmi les prêtres aurait sans doute été bien plus important.

– Il aurait suffi qu'ils signent la Constitution civile du clergé !

Émilie a parlé tout haut sans s'en rendre compte. Toutes les têtes se tournent instantanément vers elle.

– Pardon, bredouille-t-elle. Je ne voulais pas...

– Émilie, je suis surprise, la gronde gentiment madame Cerisaie.

– Laissez, Madame, ce n'est rien, l'interrompt l'abbé Dubreuil. Mademoiselle Décochet a le droit de penser ainsi. D'ailleurs, elle n'est pas la seule à envisager les choses sous cet angle.

Émilie se tasse dans son fauteuil. Si elle pouvait, elle voudrait entrer sous terre et terminer là la conversation. Mais l'abbé Dubreuil n'est pas de cet avis.

– Je vous comprends, lui dit-il à son grand étonnement. Il est difficile d'admettre que l'on accepte de risquer sa vie quand il suffirait de signer un texte pour la sauver.

Émilie écoute avec attention.

– Seulement, ce texte n'était pas juste, et vous conviendrez que l'on ne peut pas être pour l'injustice, déclare le jeune prêtre.

Émilie acquiesce. La jeune fille aime débattre de choses et d'autres. Avec son père, elle pouvait passer de longs moments à disserter sur un sujet, jusqu'à ce qu'elle ait parfaitement compris de quoi il relevait.

– Pourquoi ce texte n'était-il pas juste ? questionne-t-elle avec intérêt.

Théophile sourit. Voilà qui s'annonce passionnant à écouter !

– Le texte stipulait que les prêtres devaient être élus par le peuple, catholique ou non. Mais la vocation n'est pas une affaire d'élection. C'est un appel. Un appel du Christ à des hommes prêts à lui consacrer leur vie.

L'abbé Dubreuil parle sur un ton posé mais ferme.

– Le texte estimait également que tous les prêtres qui n'étaient pas en paroisse ne devaient plus avoir le statut de prêtre, ajoute l'abbé.

Émilie fronce les sourcils. Elle ne comprend pas.

– Savez-vous que de nombreux prêtres vivent dans des couvents ou des communautés religieuses ? lui demande l'abbé Dubreuil.

Émilie hoche la tête, sans grande conviction. Elle en a peut-être déjà entendu parler. Il y a longtemps. Mais quand ? Et où ?

– De nombreux hommes décident de se retirer du monde et de vivre dans un couvent pour consacrer leur vie à la prière, lui explique l'abbé.

Émilie lève les yeux vers Théophile.

« La prière, toujours la prière ! » pense-t-elle.

– La Constitution civile du clergé a jugé que ces prêtres étaient inutiles, continue l'abbé Dubreuil.

« Je suis plutôt d'accord », pense encore Émilie en se gardant bien cette fois-ci de parler tout haut.

Mais Théophile semble avoir lu dans ses pensées, une nouvelle fois.

– À quoi cela peut-il servir de passer sa vie à prier, monsieur l'abbé ? demande-t-il en regardant Émilie.

L'abbé Dubreuil le dévisage avec étonnement.

– Vous ne..., bredouille-t-il.

Théophile détache son regard d'Émilie, se tourne vers l'abbé, lui sourit et répète sa question avec le plus grand sérieux.

– À quoi cela peut-il servir de passer sa vie à prier ?

Le jeune prêtre reste silencieux un instant. On dirait qu'il cherche ses mots pour répondre le plus justement possible à cette question. Lorsqu'il se lance finalement, sa réponse désarçonne tout son auditoire.

– À rien, assène-t-il.

Théophile n'en croit pas ses oreilles. Émilie, en revanche, affiche un petit sourire satisfait. Madame Cerisaie et Constance ouvrent de grands yeux étonnés. Seul monsieur de Naps ne semble pas vraiment surpris.

– La prière ne sert à rien, reprend l'abbé Dubreuil. Si on la compare à tout ce que nous avons dans ce monde, son efficacité n'est pas mesurable. La prière est gratuite, elle n'est pas utile. La prière n'est pas un instrument pour parvenir à ses fins. Elle est une relation d'amour avec quelqu'un, avec le Christ. Mademoiselle Décochet ? interpelle-t-il.

Émilie se redresse.

– Vous semblez être très liée à mademoiselle Cerisaie, si je ne me trompe, constate l'abbé Dubreuil.

– Nous nous connaissons depuis peu de temps, mais je la considère déjà comme une véritable amie, répond Émilie.

Le visage de Constance s'illumine.

– Admettez-vous que cette amitié vous apporte quelque chose ? interroge alors le prêtre.

– Bien sûr ! répond Émilie. Elle me donne de la joie, me réconforte...

– Mais cette amitié vous sert-elle concrètement à quelque chose ?

– Non, reconnaît Émilie.

– Vous est-elle utile ?

– Non plus.

– Aimeriez-vous vous en passer pour autant ? demande enfin l'abbé Dubreuil.

– Non, souffle Émilie.

– Ainsi en est-il de la prière, conclut l'abbé. Elle n'est pas utile mais on ne peut s'en passer. La prière est une relation d'amour qui nous nourrit, nous aide à vivre, nous réconforte, nous apaise. Elle ne se mesure pas, mais ses fruits sont innombrables.

Le silence est total dans le salon d'hiver des Cerisaie. Chacun médite à sa façon les mots de l'abbé Dubreuil.

– Mais pourquoi passer toute sa vie en prière ? demande finalement Émilie d'une toute petite voix.

– Par leur vie de prière, les moines témoignent au milieu de notre monde qu'il existe un amour si fort qu'il mérite que certains lui consacrent toute leur vie. Par leur exemple, ils donnent aux hommes le désir de connaître le Christ.

Rochefort, le 25 janvier 1794

Ma chère Élisabeth,

Ils arrivent ! Les premiers prêtres dont je vous parlais arrivent à Rochefort. Mon Dieu, dans quel état sont-ils ! J'ai le cœur déchiré de les voir si misérables. Ils arrivent de tout le pays. Certains ont mis plus d'un mois pour venir jusqu'ici.
L'un d'eux m'a conté leur long et pénible voyage. Partout où ils passaient, ils ont été insultés et maltraités. Le soir, on les rassemblait dans des auberges, où la plupart d'entre eux devaient dormir à même le plancher, sans le moindre confort. Parfois, des âmes charitables se présentaient pour leur proposer de l'aide. Souvent, hélas, il ne s'agissait que de scélérats qui en profitaient pour les dépouiller du peu qu'ils avaient. Heureusement, d'autres ont eu pitié d'eux, vraiment. Ce prêtre a vu des hommes et des femmes s'agenouiller sur leur passage. Quelques-uns pleuraient en les regardant marcher vers leur funeste destin. Il est étrange de voir comme les hommes sont capables du meilleur comme du pire.
Le pire est ici, à Rochefort, je le crains. Les prisons sont déjà si pleines que les nouveaux arrivants ne font que s'y entasser un peu plus. Thomas du Tertre passe souvent à la maison d'arrêt pour y

soigner quelques prisonniers, et je vois dans son regard quand il revient que les conditions de détention y sont épouvantables. Il ne veut rien me raconter, car Maubert est sans cesse à nos côtés. Si tant est qu'il ose un mot sur ce qu'il a vu, notre ignoble chaperon se gausse de ce qu'il entend et en plaisante sans vergogne. Monsieur du Tertre préfère rester silencieux et je me contente d'imaginer ce qu'il voit.

Nous n'avons décidément presque jamais l'occasion de nous retrouver seuls. Et même alors, je sens chez notre hôte une réserve qui me transperce le cœur. Comment pourrais-je lui en vouloir ? Il voit en moi la dévouée subalterne d'un révolutionnaire sanguinaire. Comment pourrait-il deviner que je ne suis pas des leurs ?

J'ai repris mes activités à Rochefort. Je continue de tendre l'oreille et de réunir de précieuses informations auprès de Maubert sans que ce dernier se doute de quelque chose. Je pense que cet homme est trop imbu de lui-même pour imaginer que l'on puisse le duper. Ce genre de choses arrive aux autres, certainement pas à lui doit-il croire. Je me félicite de cet état de fait. Cela me permet de me sentir plus libre.

En réalité, je ne bouge presque pas de la maison du centre-ville où nous vivons. À La Rochelle, ma petite masure aux abords de la ville me facilitait la tâche pour m'éloigner des faubourgs et parcourir les chemins afin d'avertir les uns et les autres du danger. Ici, quitter mon logement sans attirer l'attention est beaucoup plus compliqué. Les rares fois où je délaisse la maison, je me sens très vite épiée. J'ai néanmoins réussi à me rendre plusieurs fois à la messe, en usant de mille stratagèmes pour distancer d'hypothétiques

suiveurs. Depuis la terrible nuit à La Rochelle, je multiplie les précautions.
Me rendre à la messe me fait prendre des risques, mais cela m'est indispensable. Indispensable à mon âme pour commencer, car ce rendez-vous avec notre Seigneur me donne chaque fois le courage de poursuivre ma mission. Indispensable à cette même mission ensuite. C'est au cours de l'office divin que je découvre et apprends à connaître les gens que je pourrais être amenée à secourir ou qui pourraient m'aider eux aussi. C'est également là que j'ai pu choisir quelques jeunes gens de confiance qui constituent désormais mon réseau. Ils frappent régulièrement à la porte de la maison sous n'importe quel prétexte et j'en profite pour leur divulguer les informations que j'ai pu collecter. Ils se chargent ensuite de les transmettre aux personnes concernées.
Notre petite compagnie est fort efficace. Depuis mon arrivée ici, nous avons évité à plus d'une vingtaine de personnes d'être arrêtées ou même tuées. Les proies favorites de Maubert restent les catholiques qui se cachent. Ce sont également nos favoris, mais nous les aimons pour des raisons tout à fait opposées aux siennes.
J'espère pouvoir approcher un jour les prêtres qui viennent d'arriver. Je ne sais encore comment faire, mais je trouverai un moyen, je me le suis promis.
Priez pour eux tous, ma chère sœur. Dieu vous garde.

Charlotte

# XXXV

Émilie est plongée dans ses réflexions lorsqu'elle rentre enfin chez elle. Sans même prendre garde à la lettre posée sur la console de l'entrée, elle se dirige vers le salon, où sa mère l'attend depuis un moment.

– Bonsoir, maman, dit Émilie en l'embrassant. Vous m'attendiez ?

– Oui, avoue sa mère. Je préfère te savoir à la maison lorsque la nuit commence à tomber. Cette histoire continue de m'inquiéter.

– Rassurez-vous, maman. Je viens de saluer le gardien de la paix qui surveille notre maison. Il est grand et fort, et sa moustache impressionnante a de quoi effrayer le plus terrible criminel.

Madame Décochet rit discrètement.

– Ont-ils découvert quelque chose sur l'assassin ? l'interroge Émilie.

– Pas à ma connaissance, soupire-t-elle. Je crains que tu n'aies raison : un bouton de manchette est un bien léger indice.

– Moi, en revanche, j'ai du nouveau ! annonce fièrement Émilie.

– Quoi donc ?

– Nous avons mis au jour un élément qui nous permettra peut-être d'avancer dans nos recherches, déclare la jeune fille.

– Quel est-il ?

– L'arrière-grand-mère de madame Cerisaie est née à Rochefort, commence Émilie.

– Il me semble que tu me l'avais déjà dit, note madame Décochet.

– D'après monsieur de Naps, un ami historien des Cerisaie, il est possible qu'Élisabeth soit rentrée d'Angleterre à Rochefort dès 1798. Or c'est cette même année qu'Agathe Barbier est née.

– Agathe Barbier ?

– L'arrière-grand-mère de la mère de Constance, explique Émilie, et sans aucun doute la fille d'Élisabeth d'Espérance, devenue madame Barbier entre-temps.

– Est-ce tout ? demande madame Décochet.

– Oui, pourquoi ?

– Je m'attendais à quelque chose de plus important.

Émilie est déçue. La voilà qui découvre une piste plus sérieuse, et sa mère ne partage pas son enthousiasme.

– Vous ne croyez pas que cela puisse constituer une piste ? s'étonne-t-elle.

– J'avoue ne pas avoir d'avis clair sur la question, admet madame Décochet. Néanmoins, je ne suis pas convaincue que cette Agathe Barbier soit la fille d'Élisabeth d'Espérance.

– Qu'est-ce qui vous chagrine ? demande Émilie avec intérêt.

– Le nom de famille, répond simplement madame Décochet. La jeune Élisabeth d'Espérance est partie en Angleterre, comme de nombreux autres nobles à son époque, explique-t-elle. Nous pouvons donc imaginer sans peine qu'elle ait côtoyé là-bas des nobles comme elle ou bien des Anglais. Il n'est pas non plus extravagant de penser qu'elle ait pu tomber amoureuse de l'un d'entre eux et se marier. Je suppose alors qu'elle aurait porté un nom anglais ou un patronyme nobiliaire, et non pas un nom de famille aussi courant que Barbier.

Émilie admire le brillant raisonnement de sa mère. Elle ne peut s'empêcher toutefois de la contredire.

– Il existe des nobles dont le nom contient le mot « Barbier », avance-t-elle. Souvenez-vous de ces connaissances de papa : monsieur Le Barbier de Rivaut et monsieur du Barbier d'Amboise.

Mais madame Décochet n'a pas dit son dernier mot.

– Tu me disais avoir retrouvé l'acte de mariage de l'arrière-grand-mère de madame Cerisaie. Quel était l'état civil qu'il déclarait pour cette femme ? demande-t-elle à sa fille.

– Agathe Marie Jehanne Barbier, récite Émilie de mémoire.

– Si son nom avait été différent ou plus long, ne crois-tu pas qu'il aurait été entièrement retranscrit sur ce document officiel ?

Cette fois-ci, Émilie s'avoue vaincue. Le raisonnement de sa mère est tout à fait réaliste, même s'il anéantit sa propre théorie.

Rochefort, le 3 février 1794

Ma chère Élisabeth,

Mon cœur est en proie à bien des tourments, et je ne sais où m'épancher ailleurs que dans les lettres que je vous écris. Thomas du Tertre me hante. Je pense à lui jour et nuit et mes efforts restent vains pour tenter de le chasser de mon esprit. Car la raison me souffle de l'oublier. Il me manifeste si peu d'attention... Je doute qu'il ne me soit attaché par quelque sentiment.
Je pensais que je ne lui étais guère indifférente, mais j'ai bien peur que l'amour n'ait faussé mon jugement. Plus le temps passe, plus Maubert brille par son ignominie et plus je sens notre hôte s'éloigner de moi. Il m'évite. Il fuit mon regard. Il s'enferme dans ses appartements dès qu'il rentre et cherche à rester le plus longtemps possible loin de la maison. Au moins, je trouve dans cette situation ma consolation. Il n'approuve pas les exactions du sinistre révolutionnaire que j'accompagne et j'en suis réconfortée.
De mon côté, j'ai presque honte à l'avouer, je recherche désespérément sa compagnie. Mon cœur bondit de joie quand je peux le voir, lui parler, ne serait-ce qu'une minute. Je me prends à retrouver certains gestes de coquetterie que j'avais oubliés ces temps derniers.

Je me presse au-devant de lui lorsqu'il passe. Je tente par tous les moyens de lui arracher quelques mots pour le seul plaisir d'entendre sa voix douce et chaude.
Je me sens parfois si ridicule. Mais qu'y puis-je ? Je vois son visage dès que je ferme les yeux. Je sursaute en entendant son pas. Je guette la porte en espérant sans cesse qu'elle s'ouvre sur lui.
Est-ce cela, aimer, ma sœur ? Faut-il qu'il ne s'agisse que de souffrir parce que celui que notre cœur choisit n'a pas la même inclinaison pour nous ?
Soyez heureuse, Élisabeth,

Charlotte

# XXXVI

Assise sur son lit, Émilie relit pour la énième fois quelques-unes des lettres de Charlotte. Elle commence à les connaître presque toutes par cœur, mais elle espère toujours y trouver un nouvel indice. Si seulement elle pouvait comprendre ce qui s'est passé, il y a de cela près d'un siècle.

Comme chaque fois, Émilie est troublée de constater que chaque lettre de Charlotte trouve un écho dans sa propre vie. Elles lui semblent avoir été écrites à son attention. Charlotte répond parfois à ses questions, vit des situations similaires, partage les mêmes sentiments. Si les deux jeunes filles avaient vécu à la même époque, Émilie ne doute pas un seul instant qu'elles auraient été les meilleures amies du monde. Elle lui aurait alors parlé de son père et du vide qu'il a laissé derrière lui. Elle lui aurait dit sa crainte de l'Assassin des veuves, sa révolte face à la mort du petit Romain, ses questions sur la religion. Elle lui aurait également parlé de Théophile naturellement...

Émilie ferme les yeux en repensant au frère de Constance. Ses grands yeux bleus posés sur elle, son sourire et sa prévenance à son égard lui reviennent instantanément en mémoire. Elle se sent submergée par une grande douceur. Si seulement elle pouvait avoir quelques années de plus pour attirer son attention, fréquenter son cercle d'amis, sortir dans les mêmes soirées que lui… Au lieu de cela, elle se sent si ridiculement jeune !

Mais quelqu'un frappe à la porte. Le visage de Théophile disparaît aussitôt.

– Entrez ! répond Émilie.

Madame Décochet avance dans la pièce, une lettre à la main.

– Ma chérie, tu ne l'as pas vu en rentrant et j'ai oublié de t'en parler, dit-elle en tendant le courrier à sa fille.

– Qu'est-ce que c'est ? demande Émilie.

– Je ne sais pas, mais la provenance de la lettre me permet de penser que cela t'intéressera.

Émilie saisit la lettre et observe l'enveloppe. La petite écriture de l'adresse lui est inconnue. La ville d'où provient la lettre, en revanche, lui est très familière depuis quelque temps.

– La Rochelle ! murmure-t-elle. Ce doit être la réponse du château de l'Espérance.

La jeune fille se sent soudain intimidée. Elle hésite à ouvrir le courrier, de peur d'y apprendre quelque chose qu'elle redoute.

– Tu ne l'ouvres pas ? s'étonne sa mère.

– Si, si, hésite Émilie. Bien sûr.

Émilie descend de son lit, va vers son secrétaire et prend le coupe-papier en argent, cadeau de son père pour ses quinze ans. Elle glisse la lame dans le coin de l'enveloppe et déchire proprement le papier. Une seule feuille est pliée à l'intérieur. Émilie prend tout son temps pour la sortir.

– Veux-tu que je la lise d'abord ? propose madame Décochet.

– Non merci, maman, répond Émilie. J'espère simplement que cette lettre sera porteuse d'une bonne nouvelle.

Émilie déplie enfin la feuille couverte de la même petite écriture serrée et lit. Sa mère l'observe en silence. Émilie a les mains crispées sur le papier et les sourcils froncés. Peu à peu ses traits se détendent et expriment l'étonnement, le soulagement puis la perplexité.

– De bonnes nouvelles ? l'interroge madame Décochet avec curiosité.

Émilie est ailleurs. Elle réfléchit à ce qu'elle vient de lire sans trop savoir au juste quoi en penser.

– De bonnes nouvelles ? répète sa mère.

– Oui, lâche Émilie en lui tendant la lettre. Je crois. Enfin, je ne sais pas...

# XXXVII

La fidèle Eugénie sur les talons, Émilie se rend chez les Cerisaie. Il est un peu plus de deux heures lorsqu'elle sonne à la porte de leur demeure. Malgré sa hâte d'aller voir Constance, elle n'a pu déroger au cours de latin de monsieur Durosier, son précepteur.

– Constance est-elle là ? demande Émilie à Ernestine, venue lui ouvrir.

– Mademoiselle n'est pas encore rentrée, répond la domestique en adressant un petit signe de tête complice à Eugénie, qu'elle commence à bien connaître. Madame Cerisaie et elle sont parties à la Société de Saint-Vincent-de-Paul.

– Oh ! s'écrie Émilie en portant la main à sa bouche.

Elle réalise soudain qu'elle a oublié son rendez-vous avec Constance et sa mère pour retourner à la Société de Saint-Vincent-de-Paul comme elle le leur avait promis. En début de semaine, la mort du petit Romain l'avait tant bouleversée qu'elle s'était jurée de ne plus jamais remettre les pieds dans les quartiers pauvres de Lyon. Mais, petit à petit, il lui était devenu évident qu'elle devait y retourner. Il lui fallait exorciser le fantôme du petit garçon. Elle avait également besoin de se sentir utile. Penser aux autres l'aidait à ne plus penser qu'à elle et à sa peine immense d'avoir perdu son père.

– Elles devraient déjà être revenues, s'étonne Émilie.

– Oh, mademoiselle, cela dure parfois bien longtemps, affirme Ernestine. Une fois, madame Cerisaie n'est rentrée qu'à la nuit tombée.

– Qu'avait-elle fait ?

– Elle s'était promis d'emmener tous les enfants dont elle visite les familles pour les distraire. Elle les a invités à un spectacle de Guignol, dit Ernestine avec ravissement.

– Guignol ! répète Émilie.

– Vous ne connaissez pas cette drôle de marionnette ? s'étonne Ernestine.

– Si, si, répond Émilie. J'imagine simplement mal madame Cerisaie devant un castelet pour assister à une représentation de marionnettes.

– Détrompez-vous, intervient Ernestine. Madame Cerisaie aime beaucoup Guignol. Lorsque ses enfants étaient petits, elle se plaisait à les y amener. Madame Cerisaie s'est toujours très bien occupée de ses enfants, poursuit-elle. Malgré les domestiques que nous étions et les précepteurs, elle passait beaucoup de temps avec eux.

– Émilie ?

Théophile, qui entre dans le vestibule de la maison, ne s'attendait pas à y découvrir la jeune fille.

– Bonjour, monsieur, bredouille Émilie en rougissant.

Le jeune homme part dans un grand éclat de rire.

– Monsieur ! Quel titre pompeux ! plaisante-t-il. Je préférerais que vous m'appeliez Théophile comme tout le monde ici, n'est-ce pas, Ernestine ?

– Oui, oui, Monsieur... Théophile, s'empresse de répondre la domestique en rougissant à son tour.

– Que nous vaut l'honneur de votre visite ? demande Théophile en observant Émilie avec attention.

– Je voulais montrer à votre sœur Constance une lettre que je viens de recevoir, répond Émilie, dont le regard s'anime aussitôt. J'en ai eu connaissance hier soir et j'ai eu toutes les peines du monde à ne pas venir la lui faire lire immédiatement.

– Vraiment ? dit Théophile. Cette lettre est donc si importante ?

– Elle est capitale ! réagit aussitôt la jeune fille.

– Je pourrais la lui remettre, propose le jeune homme.

– C'est que..., balbutie Émilie. Je préférerais être là.

– Vous avez peur que je ne l'égare ? la taquine-t-il.

– Oh, non ! se défend Émilie. Mais je voudrais être là lorsqu'elle la lira.

– Me permettez-vous de lire cette lettre avant ma sœur ?

Émilie hésite un court instant avant de sortir la lettre qu'elle a glissée dans sa bourse de velours.

– Vous devez me trouver bien puérile, bredouille-t-elle en lui tendant l'enveloppe. Toutes ces histoires ne sont que des enfantillages pour vous.

– Pourquoi croyez-vous cela ? lui demande le jeune homme. Qu'y a-t-il d'enfantin à s'intéresser à des événements qui font partie de notre histoire ?

Émilie lève la tête et cherche les yeux de Théophile pour y déceler de l'ironie. Mais le regard du jeune homme est sincère et étrangement doux. La jeune fille se trouble et détourne la tête brusquement. Au même moment, un bruit de sabots se fait entendre au-dehors.

– Voici madame votre mère et mademoiselle Constance qui reviennent, annonce Ernestine, qui n'a pas quitté la pièce.

Théophile sourit franchement à Émilie.

– Vous êtes sauvée ! plaisante-t-il. Je ne vous importunerai pas plus longtemps.

– Mais...

Émilie n'a pas le temps de répondre. Théophile est déjà sur le perron pour accueillir sa mère et sa sœur.

– Comment s'est passée cette matinée ? leur demande-t-il avec intérêt.

– C'était formidable ! lance sa sœur en glissant son bras sous celui de son frère. Nous nous demandions avec maman ce que nous pourrions imaginer pour fêter Noël avec ces familles.

– Voilà une excellente initiative, approuve son frère. J'y songerai également de mon côté. En attendant, ajoute-t-il, une surprise vous attend.

D'un signe de la tête, Théophile indique à Constance son amie qui l'attend dans l'entrée.

– Émilie ! s'exclame Constance avec enthousiasme avant de prendre un air soudain inquiet. Oh ! Je suis désolée, bredouille-t-elle. Nous ne vous avons pas attendue.

Émilie sourit.

– Non, rassurez-vous, dit-elle, je ne suis pas venue ce matin. J'ai oublié notre rendez-vous. Mon précepteur est venu et je ne me suis rendu compte que nous étions vendredi qu'en arrivant chez vous !

– Maman et moi pensions que vous ne viendriez pas, avoue Constance. Après ce qui s'est passé lundi… nous vous avons attendue très peu de temps pour tout vous dire.

– Vous avez bien fait, dit Émilie. Je voulais venir, mais je suis tête en l'air. En réalité, je suis ici pour tout autre chose.

Constance interroge son amie du regard tout en l'entraînant vers sa chambre.

– Voici ce que j'ai reçu hier, dit enfin Émilie en lui tendant une enveloppe d'un air mystérieux.

– C'est…, demande Constance, qui se doute de l'objet de la lettre.

– Lisez ! l'encourage Émilie.

– Que dit… ?

– Lisez ! répète Émilie.

Constance ouvre l'enveloppe avec fébrilité.

L'Espérance, le 24 novembre 1886

Mesdemoiselles,

Nous avons bien reçu votre demande de renseignements, et c'est avec joie que je vous communique ces quelques informations concernant le château de l'Espérance.
Le château est un orphelinat à l'heure où je vous écris. Il a été fondé en 1802 par la propriétaire des lieux à l'époque, mademoiselle d'Espérance. Cette jeune femme souhaitait créer un établissement ouvert à tous, pauvres ou riches, nobles ou paysans. Elle y est parvenue. Après les difficiles événements de la Révolution, elle a accueilli au château des orphelins issus de grandes familles de la région, ainsi que du milieu révolutionnaire. Son esprit de pardon fut un exemple pour tous.
À sa mort, la propriétaire n'ayant pas d'héritier, elle a légué le château à l'Église. C'est notre petite communauté de Filles de la Charité qui gère aujourd'hui l'orphelinat et s'occupe des enfants. Nous nous efforçons de préserver l'esprit si cher à la fondatrice des lieux et de continuer à accueillir tous ceux qui en ont besoin.
Je souhaite que ces quelques éclaircissements vous permettent de progresser dans vos recherches. Je charge néanmoins l'une de nos sœurs de réunir davantage d'informations, qu'elle vous fera parvenir par la suite.
Je vous confie dans mes prières à notre Seigneur tout-puissant.

Mère Marguerite-Marie, Supérieure

Rochefort, le 8 février 1794

Ma chère Élisabeth,

Je ne sais que penser et je tremble encore de ce qui s'est passé hier soir.
Je vous écrivais dans l'une de mes précédentes lettres que je disposais d'une pièce à mon usage personnel dans la grande maison de Thomas du Tertre, que le citoyen Maubert a réquisitionnée en partie à notre arrivée. Cette chambre est un luxe à notre époque, j'en ai conscience. Elle est meublée avec simplicité mais avec goût. J'ai la chance surtout d'avoir un lit confortable qui me change de la paillasse sur laquelle je dormais à La Rochelle. Le mobilier de la pièce est en outre constitué d'une table de travail sur laquelle je vous écris dès que j'en ai l'occasion, d'une chaise, d'une banquette tendue de velours placée le long du mur, d'une table de toilette avec un miroir, d'un pot de chambre et enfin d'une petite chaise basse placée à côté de la cheminée. S'y asseoir est très agréable pour se réchauffer. Mais j'ai également trouvé une utilité tout autre à ce dernier meuble : il me sert de prie-dieu.
Chaque soir, je prends soin de verrouiller la porte de ma chambre afin de ne pas risquer une visite inopportune de Maubert. Je doute

qu'il s'y aventure, car je l'entends ronfler dans sa chambre contiguë à la mienne sitôt la nuit tombée, mais je préfère me montrer prudente. Ma porte ainsi close, je peux alors vous écrire sans être dérangée et faire mes prières avant de me coucher. C'est un moment que j'affectionne, où je peux confier au Seigneur toute ma journée.

Hier soir, je suis montée dans ma chambre très préoccupée. L'un des jeunes gens qui viennent régulièrement chercher des informations n'était pas passé et je m'en suis inquiétée. La moindre arrestation est dangereuse ici. Les bourreaux pratiquent un art de la torture qui fait fléchir même les plus solides d'entre nous. Quoi qu'il en soit, j'ai oublié de verrouiller derrière moi.

Je priais à genoux lorsqu'il est entré sans que je l'entende. Thomas du Tertre était debout près de la porte à me dévisager en silence lorsque je me suis enfin signée pour terminer ma prière. J'ai étouffé un cri en l'apercevant. Depuis combien de temps était-il là à m'observer ? Je n'en ai pas la moindre idée. Il est resté imperturbable.

Il avait frappé bien entendu, mais, absorbée dans mes prières, je ne l'avais pas entendu. Il n'arrive jamais que quelqu'un veuille me trouver après que j'ai rejoint ma chambre. La porte n'étant pas verrouillée, il était entré. Quelqu'un demandait après moi, en bas. Il était venu me chercher.

Lorsque je suis passée devant lui pour descendre, je tremblais de tous mes membres et il s'en est bien certainement aperçu. Il m'a emboîté le pas et a refermé la porte derrière lui. En bas, dans le vestibule, j'ai aperçu le petit jeune que je n'avais pas vu de la journée. Son visage était baigné de larmes. Sa mère était mourante, il avait voulu rester à son chevet. Mais son père, pensant qu'elle ne passerait pas la nuit, l'avait envoyé chercher un prêtre. Ne sachant à qui s'adresser, il était venu me trouver. Le jeune homme parlait bas et je doute que Thomas du Tertre, resté en haut de l'escalier, ait pu nous entendre, mais je sentais peser sur moi son regard.

Il m'a fallu déployer des trésors de maîtrise de moi pour parvenir à consoler cette jeune personne et lui donner sans y paraître les renseignements nécessaires sur la cachette d'un prêtre dévoué. Quel risque inconsidéré il avait pris là, en venant me voir à cette heure avancée ! Je ne pouvais cependant pas le blâmer. Je me souviens dans quelle détresse nous avaient plongées les derniers jours de notre mère. Je crois bien que j'aurais été capable de faire comme ce jeune homme s'il m'avait alors fallu lui trouver un prêtre pour lui administrer les derniers sacrements.

Lorsque je raccompagnai le jeune homme à la porte, Thomas du Tertre n'était plus en haut de l'escalier. Quand je remontai, il n'était pas là non plus. Il avait sans doute rejoint ses appartements, me laissant là en proie à une angoisse profonde.

Je sais si peu de choses de lui, ma chère sœur, que je m'attends à tout. Son indifférence ces derniers jours et la sorte de mépris qu'il me réserve ne sont pas pour me rassurer. Peut-être me laissera-t-il en paix en affectant de n'avoir rien vu ? Peut-être aussi ira-t-il me dénoncer à un membre du Comité ? Je doute qu'il s'adresse directement à Maubert. Il le tient en bien piètre estime, je le sens. Se servira-t-il de ce qu'il sait pour me faire chanter ?

Je ne l'ai pas revu depuis hier soir et je crois devenir folle en

attendant d'être fixée sur mon sort. Ma seule consolation est de savoir que la mère du pauvre jeune homme qui est venu me chercher a pu recevoir l'extrême-onction. L'un de ses amis m'a dit qu'elle était partie avec le sourire. Paix à son âme !
Priez pour moi,

Charlotte

# XXXVIII

– Elle a survécu ! dit Constance avec un immense sourire.

Émilie ne peut s'empêcher de sourire elle aussi. La réaction de son amie est identique à la sienne quand elle a découvert la lettre de la mère Marguerite-Marie.

– C'est ce que j'ai immédiatement pensé, répond-elle à Constance. Néanmoins, je suis de plus en plus persuadée que nous ne pouvons en conclure cela, ajoute-t-elle à contrecœur.

Constance fronce les sourcils d'un air grave. Elle relit la lettre une autre fois puis regarde Émilie sans comprendre.

– Il existe deux mademoiselle d'Espérance, s'explique Émilie. Charlotte, bien sûr, mais également Élisabeth.

Constance lève la main pour la couper.

– Tttt ! dit-elle. Après notre conversation avec monsieur de Naps, il semblait établi qu'Élisabeth avait épousé un certain monsieur Barbier et avait eu une fille, Agathe, mon arrière-arrière-grand-mère.

– J'ai bien peur que nous n'ayons tiré des conclusions hâtives, déplore Émilie.

La jeune fille relate alors la conversation qu'elle a eue la veille avec sa mère, et la façon dont cette dernière a soigneusement démonté leur hypothèse. Constance accueille ses propos avec un long silence. Enfin, elle invite son amie à poursuivre.

– Il existe donc bien deux mademoiselle d'Espérance, reprend Émilie. Celle qui a fondé l'orphelinat pourrait être aussi bien Charlotte qu'Élisabeth.

Constance acquiesce.

– Ce qui me chagrine, poursuit Émilie, c'est la date de la fondation du couvent.

– 1802 ? demande Constance.

– Oui. Rappelez-vous ce que nous a dit monsieur de Naps à propos de cette date.

Constance cherche rapidement dans ses souvenirs. La phrase du vieux monsieur lui revient en mémoire : « Il est fort plausible qu'Élisabeth soit rentrée en France dès 1798. Néanmoins, je pencherais plutôt pour un retour à partir de 1802. La situation aurait été beaucoup plus sûre pour elle. » Constance regarde son amie. Toutes deux pensent la même chose.

– Vous croyez que la propriétaire dont parle la lettre est mademoiselle Élisabeth d'Espérance, dit-elle dans un murmure.

– Les dates coïncident, répond Émilie en hochant la tête. S'il s'était agi de Charlotte, pourquoi ne serait-elle revenue à l'Espérance qu'en 1802, alors que les événements de la Révolution étaient terminés depuis le coup d'État de Napoléon Bonaparte, en novembre 1799, trois ans auparavant ? Reste à découvrir quel lien unissait Élisabeth et votre arrière-arrière-grand-mère.

Les deux jeunes filles réfléchissent sans rien dire. Quelle déception ! C'est Constance qui la première ose briser le silence.

– Charlotte serait donc morte ? s'interroge-t-elle avec émotion.

Depuis hier, Émilie ne veut pas se l'avouer, mais cela lui semble malheureusement être le plus plausible.

– Elle se savait traquée..., murmure-t-elle.

# XXXIX

## « LA POLICE PIÉTINE…

L'ENQUÊTE DE L'ASSASSIN DES VEUVES N'AVANCE PAS COMME LA POLICE LE SOUHAITERAIT. L'INDICE TROUVÉ SUR LES LIEUX DANS LA MAISON DE MADAME D., LORS DE SA DERNIÈRE TENTATIVE DE MEURTRE, N'A DÉBOUCHÉ SUR AUCUNE PISTE. LE COMMISSAIRE EN CHEF A DONC DÉCIDÉ DE LANCER UN APPEL À TÉMOIN AFIN DE RECUEILLIR DES DÉCLARATIONS QUI POURRAIENT AIDER À IDENTIFIER LE CRIMINEL.

LE SEUL ÉLÉMENT DU DOSSIER CONSISTE EN UN BOUTON DE MANCHETTE DE NACRE MONTÉ SUR UNE CHAÎNETTE. UNE DATE EST GRAVÉE DANS LA NACRE, QUI SEMBLE ÊTRE 1873. TOUTE PERSONNE SUSCEPTIBLE DE POUVOIR APPORTER DES ÉLÉMENTS DÉTERMINANTS QUANT À CES BOUTONS DE MANCHETTE EST PRIÉE DE SE FAIRE CONNAÎTRE DE LA POLICE. IL Y VA DE LA VIE DE PAUVRES FEMMES. »

Théophile repose le journal de la veille sur ses genoux.

– Cet assassin semble insaisissable, dit-il à sa mère, qui prend le thé en face de lui.

– C'est effrayant ! admet madame Cerisaie. Quand je pense qu'il est entré dans la maison de papa…

– Cela a dû être un jeu d'enfant pour lui, constate Théophile. L'inspecteur Rodlin a précisé qu'il était venu par le jardin. La nuit, l'éclairage public au gaz n'illumine que la rue. Le jardin reste dans la pénombre. Il est alors aisé de s'approcher de la maison de grand-père sans attirer l'attention.

– Ce qui me glace le sang, c'est de savoir qu'il épiait sans doute madame Décochet et sa fille depuis plusieurs semaines. Monsieur Décochet est mort voilà deux mois. Le meurtrier a su se montrer patient et attaquer au moment qui lui a semblé le plus opportun. Sans Émilie, sa mère ne serait sans doute plus là à l'heure qu'il est.

– Quelle étonnante jeune fille ! s'exclame Théophile d'un air rêveur.

– Constance l'apprécie beaucoup, dit en souriant madame Cerisaie. Toutes les deux se passionnent pour ces lettres de Charlotte d'Espérance retrouvées dans la chambre de maman.

– Avez-vous une idée de la façon dont elles ont pu y arriver ? interroge son fils.

– Théophile ! le taquine sa mère. Ne me dites pas que ces lettres vous captivent vous aussi !

– Il faut que je vous avoue que les lettres ne sont pas ce qui m'intéresse le plus, répond Théophile avec un sourire franc.

– Émilie ?

– Pourquoi pas ? lance le jeune homme sur un ton faussement désinvolte.

– Elle est encore bien jeune, remarque madame Cerisaie.

– Vous l'étiez lorsque vous avez rencontré papa, lui rappelle son fils.

– Oui, mais elle est si loin de Dieu, ne peut s'empêcher de relever madame Cerisaie.

– Je vous l'accorde, dit Théophile. Néanmoins, elle peut encore le découvrir. Elle est si jeune, venez-vous de dire.

Madame Cerisaie regarde son fils avec tendresse. C'est la première fois qu'elle l'entend lui parler ainsi d'une jeune fille. D'ordinaire, il fuit leur compagnie, trop futile et trop bruyante à son goût. Ce peu d'attirance pour les jeunes filles de son âge n'était d'ailleurs pas sans inquiéter sa mère. Elle craignait de ne jamais le voir marié.

# XL

Lorsque l'inspecteur Rodlin est introduit dans le salon où se trouve madame Décochet, cette dernière l'accueille avec un sourire plein d'espoir.

– Bonjour, Inspecteur. Avez-vous du nouveau ?

– Nous avons fait paraître un article dans les journaux hier, répond-il. Nous espérions que quelqu'un reconnaîtrait le bouton de manchette que nous avons trouvé chez vous. Je dois vous avouer que les réactions ne se sont pas fait attendre.

Madame Décochet soupire avec soulagement.

– Nous n'avons pas encore mis la main sur notre homme, mais cela ne saurait tarder, tempère le policier. Nous avons une piste sérieuse concernant ce bouton de manchette. Elle m'a permis d'établir une liste de suspects. Je souhaiterais savoir si ces noms vous sont familiers, ajoute-t-il. J'irai ensuite trouver les familles des autres victimes afin de procéder à des recoupements.

– Pensez-vous vraiment que nous connaissions notre agresseur ? demande madame Décochet en réprimant un frisson.

– Qui sait ? Il est étrange que cet homme ait réussi à s'introduire dans tant de maisons sans jamais être surpris. De toute façon, nous ne pouvons nous permettre d'écarter aucune possibilité.

L'inspecteur fouille dans la poche intérieure de son costume et en ressort une feuille sur laquelle est inscrite une liste de noms. Il la tend spontanément à madame Décochet, avant de suspendre son geste.

– Je vous demande la plus grande discrétion, madame, précise-t-il avant de lui laisser la feuille. Je ne souhaite pas que l'existence de cette liste soit ébruitée.

– Qu'y aurait-il de mal à cela, s'il s'agit de suspects ? demande madame Décochet avec étonnement.

– C'est que..., hésite le policier. Il ne s'agit pas de n'importe quels suspects. Tous les hommes de cette liste sont des avocats, avoue-t-il enfin.

Madame Décochet relève la tête avec surprise.

– Le bouton de manchette que nous avons retrouvé chez vous est le même que le modèle offert à tous les jeunes avocats ayant accédé au barreau de la Ville de Lyon en 1873. Il s'agissait d'une sorte de cadeau de promotion.

La nouvelle est peu banale en effet. Que l'Assassin des veuves puisse être un avocat laisse madame Décochet perplexe.

– Un homme de loi..., pense-t-elle tout haut.

– Hélas oui, madame, dit l'inspecteur en s'excusant presque de sa découverte.

Madame Décochet saisit enfin la liste des noms que lui tend le policier. Elle la parcourt avec attention.

Debout devant elle, l'inspecteur Rodlin l'observe avec soin. Il veut pouvoir saisir la moindre de ses réactions. Après un moment, madame Décochet secoue la tête négativement.

– Je ne connais personne dans cette liste, dit-elle en la rendant au gardien de la paix. Je suis navrée.

Le policier lui redonne la liste et insiste.

– Permettez-moi de vous demander de la lire de nouveau. Vous l'avez sans doute parcourue en vous attendant à y découvrir le nom d'un ami ou d'un collègue de votre mari. Relisez-la avec attention en vous demandant simplement si l'un de ces noms n'évoque rien pour vous, une connaissance lointaine, un voisin, un homme auquel vous auriez pu demander d'intervenir pour une quelconque affaire.

Madame Décochet se plie de bonne grâce à l'exercice que lui demande l'inspecteur. Elle reprend la liste, s'assoit dans une bergère et se concentre pour la relire. Dès les premières lignes, un nom la fait sursauter. Sa réaction n'a pas échappé à l'inspecteur.

– Vous avez repéré quelqu'un.

– Oui, bredouille madame Décochet, un peu déstabilisée.

– Qui est-ce ? la presse l'inspecteur.

– Maître Marcel Druon, articule madame Décochet. Il était notre ancien voisin, précise-t-elle.

– Quelles étaient vos relations ?

– Elles étaient pour le moins tendues, raconte la jeune veuve. Il nous réclamait un arpent de terrain depuis des années. L'affaire est allée en justice et il ne l'a pas emportée. Je suis sûre qu'il était furieux. Lorsque nous avons emménagé ici, ma fille et moi, il est venu nous menacer de récupérer l'argent de la vente de ce bout de terrain. De nombreuses personnes étaient là, dans la rue, qui tentaient de le calmer. Peu après, j'ai reçu le papier confirmant la sentence et faisant office de preuve s'il osait nous réclamer de nouveau quelque chose.

Penché sur un petit carnet, l'inspecteur note avec soin tout ce que dit madame Décochet.

– Pensez-vous qu'il puisse en avoir après votre vie ? demande-t-il soudain à son interlocutrice.

Madame Décochet pâlit.

– Monsieur Druon ? Vouloir me tuer ? murmure-t-elle avec inquiétude.

L'inspecteur Rodlin opine de la tête.

– J'en doute, bredouille madame Décochet. Il ne nous aimait pas, mais de là à... C'est impossible ! Même s'il est vrai qu'il pouvait se montrer violent...

Madame Décochet bafouille encore un moment, puis lâche finalement :

– Peut-être, oui !

– Maman, que se passe-t-il ?

Émilie se précipite dans le salon. Sa mère est d'une effrayante pâleur. L'inspecteur en face d'elle tente de la réconforter, mais il ne parvient pas à trouver les mots qui puissent l'apaiser.

– Maman ! répète Émilie. Qu'avez-vous ?

Madame Décochet sourit bravement à sa fille, qui vient d'arriver.

– Votre mère est perturbée par la découverte que nous venons de faire, explique le policier.

– Quelle découverte ? interroge Émilie, très inquiète.

– Nous suspectons peut-être un membre de votre entourage d'être l'agresseur de l'autre nuit.

Émilie pâlit à son tour.

– De notre entourage ? répète-t-elle d'une voix blanche.

– En quelque sorte, répond le policier avec embarras.

Madame Décochet s'est un peu ressaisie. Elle prend la main de sa fille avec douceur pour lui annoncer la nouvelle.

– Notre homme pourrait être monsieur Druon.

Contre toute attente, Émilie ne prend pas la chose avec autant d'émotion que sa mère. Elle pâlit un peu, puis serre les dents d'un air soucieux.

L'inspecteur la dévisage.

– Vous ne semblez pas vous émouvoir beaucoup de cette découverte, remarque-t-il.

– En effet, répond Émilie. J'avoue même que cela ne m'étonne guère.

Madame Décochet fronce les sourcils.

– Émilie, voyons ! Cet homme est odieux, mais cela ne fait pas de lui un criminel.

– Il m'a menacée, maman, la coupe Émilie. Je ne vous en ai rien dit pour ne pas vous inquiéter, mais le jour où il est venu faire un scandale à la porte de la maison il m'a menacée.

Madame Décochet en a le souffle coupé.

– Qu'entendez-vous par là ? interroge l'inspecteur Rodlin.

– Lorsque monsieur Druon est reparti ce jour-là, il est passé devant moi en soufflant : « Je reviendrai ! Je reviendrai ! »

– Pourquoi ne m'en as-tu rien dit ? reproche madame Décochet.

– Vous étiez si bouleversée par cette visite que j'ai préféré ne pas vous en parler. Constance Cerisaie, en revanche, peut en témoigner. Elle était avec moi.

– Voilà qui devient fort intéressant, conclut l'inspecteur en remontant ses fines lunettes sur son nez d'un air satisfait.

Rochefort, le 20 mars 1794

Ma chère Élisabeth,

J'imagine dans quels tourments a dû vous laisser ma dernière lettre. Pardonnez-moi de n'avoir pas pris le temps de vous écrire plus tôt. J'ai été si occupée ces derniers temps que j'étais bien incapable de veiller tard pour vous donner de mes nouvelles. Certains soirs, la fatigue m'a fait m'endormir tout habillée sur mon lit, sans même avoir pris le temps de retirer mes sabots.

Aujourd'hui, je me décide enfin à vous écrire et j'ai tant à vous raconter que je ne sais par où commencer.

Je m'étais promis de me rendre auprès de tous ces prêtres qui arrivent chaque jour plus nombreux à Rochefort, rappelez-vous. J'y suis parvenue, mais la façon dont les choses se sont arrangées risque fort de vous étonner. C'est en effet à Thomas du Tertre que je le dois. Comment cela se fait-il ? Laissez-moi vous conter les événements de ces dernières semaines.

Après que Thomas du Tertre m'a découverte en train de prier dans ma chambre, j'ai passé la semaine la plus éprouvante qui soit depuis les débuts de ma mission. Certes, à La Rochelle, j'avais vécu des moments d'angoisse intense, mais ce n'était rien en comparaison des tourments que j'ai traversés cette semaine-là. Outre le fait que je sentais peser sur moi une menace sourde, mon cœur était déchiré par l'amour que je porte à ce jeune homme bien malgré moi.

Pendant la semaine qui suivit le moment où monsieur du Tertre m'a démasquée, je ne l'ai pas revu une seule fois. Il s'arrangeait toujours pour partir avant que je ne descende et pour rentrer une fois que je m'étais enfermée dans ma chambre, à double tour cette fois-ci, vous vous en doutez aisément. Les jours me paraissaient passer avec une lenteur effrayante, d'autant que le citoyen Maubert était de moins en moins enclin à me confier du travail. Depuis plus d'un mois maintenant, il s'est entiché d'une jeune fille qui le suit partout et se substitue peu à peu à moi. Pendant une semaine, je n'ai donc su que faire, sinon guetter avec inquiétude le moindre bruit de pas dans la rue, qui signifierait qu'on viendrait me chercher.

C'est un soir, après le souper, que tout a basculé. Notre hôte est entré dans la pièce où nous prenions nos repas et a demandé à parler au citoyen Maubert d'une voix froide. J'ai manqué m'évanouir. Je ne suis pourtant pas de ces femmes qui se pâment à la moindre occasion, mais la tension de ces derniers jours m'avait tant affectée que ce surplus d'émotion faillit me faire prendre. Ce soir-là, Maubert était en verve. Il invita son jeune hôte au salon, où ils restèrent un long – très long – moment ensemble.

Je ne sais exactement ce qu'ils se dirent durant cette interminable conversation, mais lorsque Maubert revint dans la salle du souper, il affichait un air sévère. « Vous n'êtes plus à mon service ! » tonna-t-il d'une voix forte. Cette fois encore, je sentis mes jambes se dérober sous moi. Ayant perçu mon effroi, l'affreux Maubert partit alors dans un rire sonore qui acheva de me terrifier. Il fallut un moment pour que le citoyen se remît de son hilarité. Il venait de me jouer un mauvais tour afin de m'effrayer. Je n'étais plus à son service, m'annonça-t-il après avoir retrouvé son sérieux, parce que le citoyen du Tertre avait besoin de moi ! Lui, Maubert, se contenterait avec bonheur des services de la jeune fille qu'il fréquentait depuis quelque temps.

Ma chère Élisabeth, je suis donc débarrassée de cet être abject que je côtoie depuis trop longtemps déjà. En échange, j'ai la chance de travailler aux côtés de celui dont la présence m'est si douce. De plus, je suis auprès de tous ces pauvres prêtres.

Thomas du Tertre a en effet été chargé par le Comité de soigner les nouveaux prisonniers. La mission qu'on lui a confiée est une vaste moquerie, car on ne lui accorde aucun médicament, ou si peu, ni aucun lieu où exercer sa médecine. Il doit se battre comme il le peut contre la vermine qui s'installe sur chaque homme, contre les maladies des intestins rongés par une ignoble nourriture et contre les terribles fièvres qui attaquent les plus faibles. Les prisonniers sont si nombreux qu'il a demandé à avoir l'aide d'une infirmière. Je suis cette infirmière, même si je n'ai jamais prodigué le moindre soin auparavant.

En réalité, les prêtres qui s'entassent dans les geôles de Rochefort n'ont pas tant besoin de soins que de réconfort. Le jeune médecin l'a compris, et sans doute est-ce pour cela qu'il m'a fait venir avec lui. J'essaie par ma seule présence d'adoucir un peu le quotidien de tous ces hommes de Dieu. À force d'être rudoyés et injuriés, une attention silencieuse et bienveillante leur est précieuse plus que tout. J'ai remarqué que monsieur du Tertre agit pareillement. S'il ne peut pas soulager les maux de ces pauvres martyrs, il évite tout du moins d'en ajouter de nouveaux. Il ne les brusque pas, ne se moque pas d'eux non plus.

Je passe le plus de temps possible auprès de ces malheureux. Lorsque personne ne nous voit ni ne nous entend, je récite avec eux des prières. Parfois, je leur apporte un bout de pain et un peu de vin pour célébrer la Sainte Eucharistie. Je crois que j'assiste là aux plus belles messes de toute mon existence. Le Christ souffrant est présent au milieu de ces hommes qui ont mis toute leur espérance en Lui.

J'ai découvert que, malgré les fouilles nombreuses dont ils ont fait l'objet, beaucoup de prêtres sont parvenus à conserver une Bible ou un chapelet pour continuer de prier. L'un d'entre eux m'a particulièrement ému. Il a le même chapelet que le mien, avec des grains figurant de minuscules roses noires. Seule la croix est différente. Celle de mon chapelet est légèrement déformée. Souvenez-vous comme notre mère aimait nous raconter cette histoire du sanglier qui chargea son père. Notre aïeul avait eu la vie sauve grâce à la croix du chapelet qu'il avait dans la poche de sa culotte de chasse. Elle avait arrêté la défense de l'animal avant qu'elle ne lui transperce la jambe. Revoir un tel objet dans les mains de ce prêtre m'a rappelé que le mien était enterré quelque part où personne ne pourra le retrouver avant mon retour.

Voyez comme les choses se sont arrangées pour moi. Je craignais d'être dénoncée, et me voilà placée auprès de ceux que je souhaitais le plus aider. Depuis que je suis à ses côtés tout au long de la journée, Thomas du Tertre ne m'a pas beaucoup adressé la parole. Néanmoins, je vois plus de douceur dans son regard quand il m'observe auprès des malades. Je le sens moins méprisant que lorsqu'il me voyait officiant aux côtés de Maubert.

Il n'est jamais présent lorsque je reste auprès des pauvres prêtres pour prier. Je me demande parfois s'il ne le fait pas tout exprès afin de me laisser un peu de liberté. Je ne saurais en être certaine toutefois, car jamais nous n'avons évoqué cette terrible soirée où il m'a découverte en prière dans ma chambre. Quand tout cela sera terminé et que nous pourrons parler de manière plus libre, je serai heureuse de le découvrir vraiment et de lui révéler également qui je suis.

Je prie pour que cela advienne le plus tôt possible et je pense à vous sans cesse,

Charlotte

# XLI

Assise à son petit secrétaire, Émilie griffonne sur une feuille tous les éléments qui se rapportent aux mystérieuses lettres retrouvées dans sa chambre. Elle s'est réveillée tôt ce matin et n'est pas parvenue à se rendormir. La jeune fille s'est donc levée sans faire de bruit et depuis plus d'une heure elle rapproche les éléments les uns des autres pour tenter d'y découvrir un indice, quelque chose qui lui aurait échappé.

– Quel lien existe-t-il entre Élisabeth et Agathe Barbier ? se répète-t-elle pour la centième fois.

Émilie a beau tourner les pièces de cet étrange puzzle dans tous les sens, elle ne trouve rien qui puisse l'éclairer.

– Je peux entrer ? demande sa mère après avoir frappé à la porte.

– Oui, répond machinalement Émilie, qui est encore plongée dans son raisonnement.

Enroulée dans une longue robe de chambre de tissu fluide,

madame Décochet s'approche de sa fille et lit par-dessus son épaule ce qu'elle vient d'écrire.

– Toujours à la recherche des sœurs Espérance..., remarque-t-elle simplement.

Émilie se tourne vers sa mère.

– Je cherche le lien qui unirait Élisabeth d'Espérance à Agathe Barbier et je ne trouve pas. Je tourne et retourne dans ma tête chaque élément, sans succès !

– En tout cas, si ton enquête nécessite encore quelques éclaircissements, il n'en est pas de même pour celle qui nous concerne, lance sa mère d'un air joyeux.

Émilie l'interroge du regard.

– Lis !

Madame Décochet pose sur le secrétaire l'édition du matin du journal qu'elle tenait plié sur les genoux. Elle est arrivée ce matin, devant la porte de l'entrée, à la première heure du jour.

**« L'ASSASSIN DES VEUVES NE NUIRA PLUS**

**APRÈS UNE LONGUE ENQUÊTE, LA POLICE A FINALEMENT RÉUSSI À METTRE LA MAIN SUR L'ODIEUX CRIMINEL QUI ATTAQUAIT LES VEUVES SANS DÉFENSE. L'IDENTITÉ DU TUEUR N'A PAS ÉTÉ SANS SURPRENDRE LE MONDE JUDICIAIRE, PUISQU'IL S'AGIT DE MONSIEUR MARCEL DRUON, AVOCAT À LA COUR. MONSIEUR MARCEL DRUON A ÉTÉ DÉMASQUÉ GRÂCE AU BOUTON DE MANCHETTE QU'IL A PERDU EN QUITTANT PRÉCIPITAMMENT LA MAISON DE SA DERNIÈRE VICTIME, MADAME**

D. CE BOUTON DE MANCHETTE, OFFERT À TOUS LES AVOCATS DE SA PROMOTION EN 1873, AINSI QUE LE TÉMOIGNAGE DE SA DERNIÈRE VICTIME L'ONT ACCUSÉ. LE SUSPECT N'AYANT AUCUN ALIBI SOLIDE CONCERNANT LA SOIRÉE OÙ IL A TENTÉ DE S'INTRODUIRE CHEZ MADAME D., LA POLICE N'A EU AUCUN MAL À L'INCULPER.

À L'HEURE ACTUELLE, MAÎTRE DRUON EST RETENU PRISONNIER AU POSTE DE POLICE AFIN D'Y SUBIR UN INTERROGATOIRE PLUS COMPLET. L'HOMME CLAME SON INNOCENCE, MAIS A-T-ON JAMAIS VU UN MEURTRIER AVOUER SES FORFAITS ?

L'INSPECTEUR DE POLICE RODLIN QUI A MENÉ CETTE ENQUÊTE SE FÉLICITE D'AVOIR PU METTRE UN TERME À CETTE SÉRIE DE MEURTRES. IL SE RÉJOUIT ÉGALEMENT QUE LES VEUVES PUISSENT À NOUVEAU DORMIR SANS INQUIÉTUDE. »

Rochefort, le 27 mars 1794

Ma chère Élisabeth,

Ma mission d'infirmière n'aura été que de courte durée. Les prisons de Rochefort sont si pleines que le ministre de la Marine a décidé le transfert des prêtres sur un bateau en attendant leur départ pour le bagne. Ce fut fait dès avant-hier dans une certaine précipitation.

En fait de bateau, il s'agit plutôt d'un ancien navire négrier à fond plat qui servait pour la traite des esclaves. Il paraît qu'on y transportait aussi du charbon. Il s'appelle Les Deux Associés. On lui a retiré les mâts et les voiles et je me demande bien comment, ainsi armé, il pourra jamais rejoindre la Guyane. Pour le moment et dans l'attente du départ, le navire a été conduit au large, à l'embouchure de la Charente, entre les îles d'Aix et Madame.

Il était si pitoyable de voir partir ainsi les prêtres par dizaines vers leur sinistre prison flottante... Ils sont près de quatre cents à y avoir embarqué, quand le navire n'était prévu que pour une quarantaine de matelots. Ajoutez à cela les gardes qui se chargent de les surveiller, les tonneaux de nourriture et d'eau qu'on y a également

chargés, les pauvres hommes vont devoir s'y entasser pire que des bêtes.
Je n'ai pas été autorisée à suivre ce triste convoi. Pas plus que Thomas du Tertre, qui est retourné œuvrer à l'hôpital. Il n'a désormais plus besoin de moi et je me languis déjà de ces heures passées à ses côtés ces derniers temps.
Le citoyen Maubert est tout affairé avec la jeune fille qui me remplace. Il lui trouve sans doute toutes sortes de qualités que je n'avais pas et j'ai l'impression que ma présence l'importune de plus en plus. Mon travail auprès de Thomas du Tertre l'arrangeait bien. Cela me tenait éloignée, tandis que maintenant il me reproche sans cesse de le gêner. J'essaie donc de me faire le plus petite possible, tout en gardant mes oreilles grandes ouvertes. Ce matin encore, je suis parvenue à saisir quelques informations précieuses qui ont pu éviter à certains d'être pris ou tout simplement soupçonnés. Je ne sais combien de temps durera cette situation. Je m'inquiète, il est vrai, de voir peser sur moi parfois le regard soupçonneux et mauvais de Maubert. Il ne m'avait encore jamais observée de la sorte.
Je ne vois plus autant Thomas du Tertre, mais notre brève collaboration m'aura au moins gagné son estime. Il me salue désormais avec franchise et s'arrête parfois pour me dire quelques mots. Vous seule savez comme j'aimerais qu'il s'éternise davantage et que nous ayons tout le loisir de discuter longuement. Sans doute n'éprouve-t-il aucune attirance pour moi ? C'est fort possible, mais je ne peux me résigner à cette idée-là. Je préfère croire qu'il nous protège tous les deux en n'affichant pas trop sa sympathie pour moi.

Je vous l'ai écrit, il ne m'a jamais parlé de ce qu'il a découvert ce fameux soir en entrant dans ma chambre. Il n'a pas non plus fait la moindre allusion à la religion ou à la situation des prêtres déportés. Il se contente toujours de faire son devoir, sans que paraisse la plus petite émotion sur son visage. Seuls ses yeux le trahissent parfois, mais il les garde trop souvent baissés.

Ma chère Élisabeth, cela fait près d'un an et demi que nous nous sommes quittées et votre absence m'est chaque jour plus douloureuse. Je n'ai toujours aucune nouvelle de vous. J'ai envoyé l'un des jeunes en qui j'ai toute confiance au château de l'Espérance pour y chercher vos lettres. Il n'en a pas trouvé. Madeleine lui a certifié n'en avoir reçu aucune. S'est-elle méfiée de lui ? A-t-elle préféré me remettre mon courrier en main propre ou n'en a-t-elle jamais réellement eu ? Je ne sais plus que penser. Parfois, dans les moments d'abattement, je doute que nous ayons jamais l'occasion de nous revoir. Et puis, lorsque le Seigneur me redonne courage, je me dis que le temps de nos retrouvailles n'est plus très loin. Je m'accroche à cet espoir.

Prenez soin de vous.

Charlotte

# XLII

Le froid est mordant. Émilie remonte le col de fourrure de son manteau. À ses côtés, sa mère fait de même en frissonnant. Le vent est glacial, ce 8 décembre 1886, mais les deux femmes n'auraient raté ce rendez-vous pour rien au monde. Du temps où monsieur Décochet vivait encore, elles se faisaient toujours une joie d'aller admirer les maisons illuminées tout autour de la basilique de Fourvière.

– À Lyon, tous les 8 décembre, les habitants illuminent leurs fenêtres avec des bougies pour célébrer la Vierge Marie, avait expliqué monsieur Décochet à sa fille quand elle avait été en âge de comprendre. C'est une façon de lui rendre hommage.

Il est étonnant de constater que le père d'Émilie s'intéressait à cette tradition religieuse, lui qui était si opposé à tout ce genre de chose. Mais le cœur a parfois des élans que la raison n'explique pas. Ce que monsieur Décochet appréciait par-dessus tout, chaque 8 décembre, c'était la beauté des habitations illuminées et des rues qui brillaient de milliers de lumignons. Il aimait aussi sentir que tous les Lyonnais se rassemblaient pour vivre ensemble cet événement.

– Tu vois, disait-il à sa fille, nous sommes tous dans la rue. Les petits, les grands, les riches, les pauvres, les jeunes, les vieux, les ouvriers et leurs patrons. Cette fête nous réunit tous, sans différence.

Et puis, si le père d'Émilie était farouchement opposé à l'idée de Dieu, il éprouvait malgré lui une certaine tendresse pour la Vierge Marie. Monsieur Décochet ayant perdu sa mère très tôt, il avait été élevé par une nourrice qui lui parlait sans cesse de la Vierge. Quoi qu'il ait pensé par la suite, en découvrant les idées de Voltaire et en refusant définitivement la religion, il n'avait jamais pu se résoudre totalement à abandonner Marie, qui avait bercé toute son enfance.

Perdues au milieu de la foule qui monte vers Fourvière, madame Décochet et sa fille marchent en se tenant le bras. Émilie regarde à peine où elle met les pieds, se laissant guider par sa mère. Elle garde les yeux levés au ciel et s'émerveille du spectacle. Être là sans son père la rend triste et heureuse à la fois. Triste de ne pouvoir partager avec lui ce moment qu'il affectionnait tant. Heureuse de voir que, avec sa mère, elles maintiendront les traditions qui faisaient d'eux une famille unie.

Le regard de la jeune fille a changé, néanmoins. Tandis qu'avec son père elle s'amusait à imaginer les métiers des uns ou des autres ou à compter le nombre de lumignons sur telle ou telle façade, Émilie remarque aujourd'hui la véritable ferveur qui anime la foule des gens présents. Pour la première fois, elle est attentive à la douce mélopée des prières à la Vierge qui montent dans la nuit. Ici, un petit groupe d'enfants suit une religieuse qui récite son chapelet. Ils répètent tous en chœur leur *Ave Maria* après elle. Là, c'est une femme qui marche lentement vers la basilique, son chapelet à la main. Émilie n'entend pas ce qu'elle dit, mais elle voit ses lèvres bouger. Son visage est doux, apaisé. Rien ne semble plus exister autour d'elle que ces mots qu'elle répète en silence tout en avançant.

Émilie se rappelle ce que lui a dit l'abbé Dubreuil :

« La prière ne sert à rien. La prière est gratuite, elle n'est pas utile. Elle est une relation d'amour avec le Christ. »

Alors, sans qu'Émilie s'explique vraiment pourquoi, il lui prend une subite envie de prier à son tour. Une fois déjà, lorsqu'elle était dans la chambre de sa mère craignant l'intrusion de l'Assassin des veuves, elle avait essayé de prier mais elle avait eu toutes les peines du monde à retrouver dans sa mémoire la trace de textes entendus trop peu souvent. Cette fois-ci, c'est différent, Émilie a en tête les mots de la prière de Charlotte. Ce sont eux qui lui viennent à l'esprit en premier. C'est avec eux qu'elle commence...

– Émilie ! Émilie !

Une voix joyeuse tire Émilie de son recueillement. Elle ne saurait dire au juste combien de temps elle a prié et quels sont les mots qui lui sont venus spontanément après le petit texte de Charlotte d'Espérance, mais la jeune fille se sent étrangement bien. Il lui semble ressentir la même chose que lorsqu'elle se blottissait dans son lit petite, après que ses parents étaient venus l'embrasser. Elle se sentait alors tant aimée qu'elle avait l'impression d'être toute chaude à l'intérieur, et elle s'endormait en souriant.

– Émilie ! répète une voix familière dans son dos.

Émilie et sa mère s'arrêtent et se retournent. Constance court pour les rejoindre. Ses joues sont roses malgré le froid, et sa bouche souffle de grandes volutes de fumée.

– Émilie ! dit-elle un peu essoufflée. Je ne pensais vraiment pas vous trouver ici.

Les deux amies ne se sont pas vues depuis plusieurs jours. Le précepteur d'Émilie étant tombé malade, madame Décochet l'avait fait remplacer par un vieux monsieur qui s'était révélé beaucoup moins souple que son prédécesseur. Il ne tolérait aucune absence et n'acceptait aucune entorse au programme qu'il s'était fixé. Émilie était donc tenue de travailler doublement, sans avoir la moindre possibilité de s'échapper pour rendre visite à son amie.

Constance se retourne et indique, un peu plus loin dans la foule, ses parents. Monsieur et madame Cerisaie sont venus en famille. Leurs fils Timothée et Alphonse les suivent de près. Une jeune femme qui ressemble beaucoup à Constance marche à leur côté, au bras d'un homme fort élégant.

– Nous sommes en famille, précise Constance pour son amie. Même Honorine et son mari nous ont rejoints. Nous aimons venir à la fête des Lumières tous ensemble.

– Nous aussi, dit Émilie en souriant. Papa aimait nous amener là chaque année pour admirer les illuminations.

Constance la regarde avec un étonnement évident.

– Oh ! rassurez-vous, lance Émilie en cherchant à plaisanter, il ne nous emmenait pas prier à la basilique ! Il voyait dans cette promenade un rendez-vous esthétique et humain.

Un silence un peu gêné s'installe entre les deux jeunes filles. Elles ressentent tout à coup combien leurs vies ont été opposées jusque-là. Les mots de son père résonnent alors dans la tête d'Émilie : « Cette fête nous réunit tous, sans différence. » La jeune fille sourit et change de sujet.

– Théophile n'est pas avec vous ? demande-t-elle en essayant de dissimuler sa déception.

– Il ne devrait pas tarder, la rassure Constance. Il a tenu à rendre visite aux parents du petit Romain avant de nous rejoindre. Il sera heureux de vous voir, ajoute-t-elle.

– Pourquoi donc ? demande Émilie, la voix vibrante d'émotion.

– Il m'a promis une surprise pour nous deux, répond Constance. Il prend des airs mystérieux depuis trois jours et je ne suis pas encore parvenue à lui arracher la moindre information. S'il vous voit, peut-être acceptera-t-il enfin de me dire de quoi il s'agit.

– Vous parliez de moi ?

La foule qui progresse vers la basilique de Fourvière est si grande que les deux amies n'ont pas vu Théophile approcher. Il se penche vers sa sœur pour l'embrasser sur la joue puis salue Émilie de la tête, attardant son regard sur elle quelques instants.

– Avez-vous vu les parents de Romain ? le questionne aussitôt sa sœur.

– Oui, répond-il. Ils vont bien. Du moins, ils vont un peu mieux…

Constance prend l'air grave, mais bien vite la curiosité reprend le dessus.

– Alors, cette surprise ? demande-t-elle sans détours.

– Quelle surprise ? la taquine Théophile.

Constance fait une petite moue boudeuse qui amuse son frère.

– Je vois que vous n'êtes guère patiente, plaisante le jeune homme. J'ai en effet une surprise pour vous deux. J'ai obtenu des informations pour votre petite enquête.

Une lueur d'excitation brille dans les yeux d'Émilie.

– J'ai pu joindre un ancien de mon école qui vit à Rochefort. Il a accepté de consulter pour moi les registres paroissiaux et les registres d'état civil, explique Théophile. J'ai prétexté une recherche généalogique. D'après lui, la mère d'Agathe Barbier, mon arrière-arrière-grand-mère, ne s'appelait pas Élisabeth.

Émilie regarde Constance avec un petit sourire déçu. Ainsi, sa mère avait raison. Élisabeth d'Espérance n'avait pas épousé un homme du nom de Barbier.

– Comment s'appelait-elle ? demande-t-elle sans conviction.

– Huguette Barbier, précise Théophile.

– Voilà qui anéantit ma première hypothèse, en déduit Émilie. Vous remercierez votre ami pour cette information. C'est extraordinaire, s'étonne-t-elle après un moment. Comment avez-vous fait pour obtenir aussi rapidement de tels éléments ?

– Le téléphone ! s'exclame Théophile. Je me suis rendu à la mairie, qui dispose de l'un de ces merveilleux appareils. J'ai pu appeler cet ami à Rochefort, car il travaille à la mairie, où il a également accès au téléphone.

– Merci, vous nous avez fait gagner beaucoup de temps, dit Émilie. Reste à découvrir le lien qui unissait Élisabeth à Agathe Barbier, votre arrière-arrière-grand-mère.

– J'ai peut-être ma petite idée là-dessus ! déclare alors Théophile avec un sourire triomphant.

– Vraiment ? demande Émilie, la voix vibrante.

– Mon correspondant a fait mention d'un détail qui m'a paru intéressant.

Théophile s'amuse à ménager le suspens, tandis que les deux jeunes filles ont du mal à dissimuler leur impatience.

– Quel détail ?

– Huguette Barbier est morte en 1802, un an après son mari, laissant sa fille Agathe orpheline.

Les yeux d'Émilie pétillent.

– Orpheline…, répète-t-elle. Elle aurait donc pu être recueillie au château de l'Espérance !

Constance bat des mains avec excitation.

– Je vais dire cela à maman ! s'écrie-t-elle. Nous venons de faire le lien entre Charlotte et notre famille !

Sans perdre une minute, elle court rejoindre ses parents et madame Décochet qui discutent un peu plus loin. Émilie s'apprête à lui emboîter le pas quand une main lui saisit le bras pour l'en empêcher.

– Restez un instant, s'il vous plaît, l'arrête Théophile sans lui lâcher le bras.

Émilie sent ses joues s'empourprer. Le jeune homme la regarde avec insistance.

– Ma surprise vous a-t-elle plu ? lui demande-t-il.

Un sourire illumine le visage d'Émilie.

– Oh, oui ! répond-elle spontanément.

– J'en suis heureux. Je préfère vous voir sourire, dit-il d'une voix soudain étrangement douce.

Ses yeux cherchent ceux d'Émilie, qui se dérobent pour ne pas laisser voir son trouble.

– Émilie, murmure-t-il en accentuant la pression de sa main sur son bras. Savez-vous que j'ai téléphoné à La Rochelle uniquement pour vous ?

Émilie relève la tête. La surprise puis la joie passent dans ses yeux.

– Pour moi ? répète-t-elle dans un filet de voix. Mais je... Je ne... C'est que...

Théophile sourit avec tendresse en la voyant si décontenancée.

– Vous êtes charmante ! ne peut-il s'empêcher de s'exclamer.

Le visage d'Émilie s'enflamme tout à fait. Elle détourne la tête avec embarras.

– Pardonnez-moi si je me suis montré trop direct, s'empresse de dire Théophile, qui craint soudain de s'être mépris sur les sentiments de la jeune fille. Je ne vous importunerai pas davantage, ajoute-t-il en lui lâchant enfin le bras. Je repars à Paris pour mes examens. Si vous le préférez, nous ne nous verrons plus.

Le sang d'Émilie se glace tout à coup.

– Non ! s'écrie-t-elle. Oh, non, pas du tout ! J'aimerais vous revoir. Je voudrais vous voir tou...

Les mots meurent sur ses lèvres. Elle vient d'apercevoir Constance qui marche vers eux avec un large sourire.

– Pressez-vous ! Nous vous attendons, leur lance-t-elle avec bonne humeur.

Puis elle s'approche d'Émilie, lui saisit le bras à son tour et l'entraîne avec elle en disant :

– Maman est certaine que Théophile nous a fait là une révélation extraordinaire.

– Oui, oui, acquiesce Émilie. Extraordinaire...

Mais la révélation à laquelle elle pense n'a cette fois-ci rien à voir avec Charlotte d'Espérance.

# XLIII

Sur le chemin du retour, Émilie ne dit pas un mot. Assise devant sa mère, elle regarde sans les voir les rues qui défilent sous ses yeux. Un sourire rêveur flotte sur ses lèvres tandis qu'elle repense à ce que Théophile lui a dit. Madame Décochet observe sa fille en silence. Elle perçoit son émoi, même si elle en ignore la raison.

Lorsque la voiture à cheval s'arrête enfin devant leur maison, une haute silhouette s'avance pour leur ouvrir la portière. En la reconnaissant, Émilie ne peut s'empêcher d'avoir un mouvement de recul.

– Madame Décochet, salue le gardien de la paix en soulevant son képi. Mademoiselle.

– Bonsoir, monsieur, répond poliment madame Décochet. Que puis-je faire pour vous ?

Le policier s'esclaffe en un rire sonore. Son impressionnante moustache tressaute au-dessus de ses lèvres.

– Pardonnez-moi, madame, s'excuse-t-il en retrouvant son sérieux. Votre question m'a déconcerté. C'est plutôt moi qui suis là pour faire quelque chose pour vous, ajoute-t-il. Je viens monter la garde près de chez vous.

– Vraiment ? s'étonne madame Décochet. Monsieur Druon se serait-il échappé ? demande-t-elle, inquiète.

– À dire vrai, non, répond le gardien de la paix. Il est encore chez nous, même si ce n'est plus pour très longtemps, je le crains.

Madame Décochet et Émilie se regardent sans comprendre.

– Vous n'avez sans doute pas lu les journaux, constate le policier.

– Ma foi, non, dit madame Décochet. L'édition du soir n'était pas arrivée lorsque nous sommes parties profiter de la fête des Lumières.

– Ah ! La fête des Lumières ! soupire l'homme. J'aurais aimé m'y rendre en famille moi aussi.

– Venons-en au fait, réplique madame Décochet sur un ton pressé. Il se fait tard et je souhaiterais aller dormir.

Le policier toussote, embarrassé.

– Eh bien, avoue-t-il, il semblerait que monsieur Druon ne soit pas notre homme. L'Assassin des veuves vient de faire une nouvelle victime.

Émilie et sa mère ouvrent de grands yeux horrifiés.

– Mais alors…

– Vous êtes encore potentiellement en danger, admet le policier. C'est pourquoi je suis ici.

– Et monsieur Druon ? demande Émilie, qui craint davantage les représailles de leur ancien voisin qu'une hypothétique visite de l'Assassin des veuves.

– L'inspecteur Rodlin l'interroge de nouveau. Il veut comprendre pourquoi son bouton de manchette a atterri chez vous.

Rochefort, le 6 avril 1794

Ma chère Élisabeth,

Ils sont venus me chercher ! Je revenais cet après-midi du port, où j'étais allée m'enquérir de l'arrivée de nouveaux prêtres, lorsque j'ai vu deux hommes marcher dans ma direction. Je les ai immédiatement reconnus. Ils sont les deux funestes messagers du président du Comité. Ce sont eux que l'odieux personnage envoie arrêter les hommes et les femmes qu'il a décidé de condamner. L'un est si grand et si trapu que j'imagine sans peine qu'il soit inutile de chercher à se soustraire à sa poigne. L'autre est beaucoup plus petit, plus sec, mais il a des yeux de fouine auxquels aucun détail n'échappe. Je me suis toujours méfiée de lui depuis notre arrivée à Rochefort. J'ai toujours eu le pénible pressentiment qu'il serait un jour la cause de ma perte.

Lorsque je les ai vus marcher dans ma direction, j'ai senti mon cœur s'emballer avec fureur. La peur me nouait le ventre. J'ai crié intérieurement au Seigneur de me venir en aide. Il m'a entendu, car j'ai pu retrouver mon calme et accueillir les deux hommes avec un large sourire qui les a sans doute désorientés. Je doute en effet que leurs victimes ne les accueillent jamais autrement que par des cris et des larmes.

Ils m'ont dit venir me voir, et je les ai alors priés de se joindre à moi jusqu'à la maison où je logeais. Cette fois encore, ma proposition a dû leur paraître saugrenue, mais rien ne leur interdisait de m'accompagner en effet. Durant le trajet, qui m'a paru durer des heures, je me suis efforcée de rester aimable et enjouée. Je me suis enquise de leur femme, de leurs enfants, de savoir s'ils étaient bien logés. Aucun des deux n'a rechigné à répondre à mes questions. Il me semblait plutôt qu'ils étaient heureux de pouvoir s'appesantir un peu sur leur sort et discuter de ce qui leur était cher. Je suppose sans peine que l'occasion ne leur en est presque jamais donnée si l'on considère la sinistre besogne dont ils ont la charge. Et puis, sans doute le tour que prenait la situation les rassurait-il : leur mission n'en serait que plus facile et plus agréable.

Quand nous sommes enfin arrivés à la maison, je leur ai proposé d'entrer, afin de partager quelques gâteaux et un peu de thé que je savais cachés sur une étagère de la cuisine. Je ne sais où je puisais une telle désinvolture et un tel naturel. Le Seigneur n'est pas étranger à tout cela, j'en suis certaine.

Ce n'est que lorsque nous eûmes encore partagé quelques nouvelles et dégusté notre thé que je leur demandai ce pour quoi ils étaient venus me voir.

« C'est pour toi, citoyenne, que nous sommes ici, m'a déclaré le plus petit d'entre eux. Nous avons l'ordre du président du Comité de t'arrêter et de te mener à lui. »

Vous imaginez sans peine la terreur dans laquelle me plongea cette

réponse. Je parvins néanmoins à garder mon sang-froid et à feindre l'incrédulité. Mais c'est alors que le plus grand ajouta quelque chose qui me laissa sans voix. Je vous retranscris mot à mot ses propos, que je ne cesse de me répéter depuis :
« Citoyenne, jamais personne ne s'est montré aussi aimable que toi pour nous accueillir et nous offrir quelque chose de chaud. Nous n'avons pas le cœur à t'arrêter aujourd'hui. Si le président du Comité nous questionne, nous dirons que nous ne t'avons pas trouvée chez toi. »
Il ne mentait pas. Les deux hommes ont alors pris congé le plus aimablement du monde et il m'a traversé l'esprit qu'en chaque individu il y avait de bonnes choses. Dès leur départ, je suis montée dans ma chambre pour m'y enfermer à double tour. J'ai rassemblé les quelques maigres affaires que j'ai en ma possession et j'attends que la nuit soit bien noire pour partir. Vous comprendrez aisément que je ne peux rester ici. Demain, sans doute, le président du Comité renverra ses deux hommes me chercher et ils ne pourront pas lui faire la même réponse sans risquer leur propre vie.
Je ne sais pas encore où je vais me rendre. Dans un premier temps, je trouverai sans peine un endroit où me cacher. J'en connais plusieurs assez sûrs pour pouvoir y rester quelques jours. Mais ensuite, il va me falloir trouver une solution durable sur laquelle je puisse compter jusqu'à la fin de ces temps de troubles. Je vous promets de vous écrire, dès lors que j'aurai un endroit fixe où je me sente en sécurité. En attendant, je resterai muette. Je ne peux prendre de trop gros risques en continuant de vous écrire. Vous faire parvenir mes lettres m'a toujours demandé d'avoir autour de

moi quelques personnes de confiance qui acceptent de les acheminer. Retrouverai-je rapidement une telle complicité ?
Sans doute les quelques semaines, voire les mois, à venir seront-ils éprouvants. Je vais devoir vivre cachée pour ne pas être dénoncée. Mais je ne cesserai de penser à vous et votre seul souvenir m'aidera à supporter cette épreuve. Nous nous sommes promis de nous retrouver toutes les deux à l'Espérance après tout cela, je ferai tout mon possible pour tenir ma promesse.
Je pars tout à l'heure, dès que la nuit sera tombée. Je ne dis rien à Thomas du Tertre de ce départ précipité. S'en offensera-t-il ? Je l'ignore. Je préfère le tenir en dehors de tout cela pour ne pas lui nuire. Je bénis le Ciel aujourd'hui qu'il ait ainsi mis tant de distance entre nous. Ma disgrâce ne l'atteindra pas et notre séparation me sera moins cruelle. Je pars sans savoir quels sont ses sentiments à mon égard, et c'est sans doute mieux ainsi.
Je m'apprête à vivre ce que nos chers prêtres vivent depuis le début de cette triste période. Ils trouvent leur réconfort dans la prière, j'espère être aussi courageuse qu'ils le sont.
Ma chère Élisabeth, je peine à terminer cette lettre, comme si je voulais retarder l'heure de mon départ. Mais il fait nuit maintenant. Il est temps...
Dieu vous garde,

Charlotte

Aux alentours de Rochefort, le 7 avril 1794

Ma chère Élisabeth,

Thomas postera cette lettre à votre attention pour moi. Oui, vous avez bien lu, ma sœur bien aimée ! J'ai écrit Thomas... Comme ce prénom est doux à mon cœur !

Hier après-midi, lorsque les deux hommes du Comité ont quitté la maison, notre hôte les a croisés. Et comme je ne suis pas descendue dîner comme à mon habitude, il ne lui a pas fallu longtemps pour comprendre quel danger je courrais. Chère Élisabeth, quand je suis sortie de la maison dans la nuit, terrorisée à l'idée de l'avenir qui s'ouvrait à moi, je l'ai trouvé là qui m'attendait. Il avait l'air fou d'inquiétude. Il s'est précipité vers moi et m'a serrée dans ses bras. Je n'oublierai jamais son regard et ses mots. Il m'a semblé que le temps s'arrêtait tandis que nous nous embrassions.

Il m'aime, ma chère sœur ! Il m'aime ! Sa grande réserve, que je tenais pour du mépris ou de l'indifférence, n'avait pour objectif que de me protéger. S'il lui arrivait malheur, il ne voulait pas me compromettre avec lui.

Nous aimerions avoir plus de temps pour profiter l'un de l'autre et nous dire toutes ces choses que nous nous sommes tues depuis quelques mois. Il serait risqué de nous éterniser malheureusement. Je dois partir sans plus attendre. Néanmoins, nous nous sommes dit l'essentiel : nous nous aimons, nous partageons la même foi en notre Seigneur et nous nous retrouverons au château de l'Espérance lorsque tout cela sera terminé. Je pensais que partir sans connaître ses sentiments m'éviterait d'être malheureuse. Je me trompais. Me savoir aimée m'enveloppe de douceur dans ce monde devenu si hostile.

Ma chère sœur, je ne sais pas si je reviendrai un jour à l'Espérance. Dieu seul sait quel avenir il me réserve. Mais s'ils venaient à me retrouver et si je devais mourir, sachez que je mourrais heureuse. Dieu nous garde,

Charlotte

# XLIV

Lorsque Émilie descend prendre son petit-déjeuner, l'inspecteur Rodlin est déjà dans le salon en compagnie de sa mère.

– Inspecteur ? le salue-t-elle, surprise.

– Pardonnez ma venue si matinale, mademoiselle, s'excuse l'inspecteur en s'inclinant légèrement. Je tenais à vous informer de la nouvelle avant que vous ne l'appreniez par les journaux.

– L'inspecteur vient nous donner les suites de toute cette affaire, confirme madame Décochet. Il semble que les choses soient un peu plus complexes que ce que les journaux en diront.

– En effet, dit le policier. Nous avons interrogé longuement monsieur Druon hier dans l'après-midi. Vous n'êtes pas sans savoir qu'il clamait son innocence depuis le début, même s'il était dans l'incapacité totale de nous prouver où il se trouvait exactement le soir où quelqu'un s'est introduit chez vous.

L'inspecteur fait une légère pause pour vérifier que les deux femmes suivent attentivement ce qu'il raconte. Madame Décochet hoche la tête pour l'encourager à poursuivre.

– Et puis il y avait ce bouton de manchette, retrouvé chez vous. Cet objet lui appartient indéniablement. Son épouse l'a reconnu à un petit défaut de fabrication dans la chaînette qui lui avait toujours sauté aux yeux. Mais…

Émilie hausse un sourcil.

– Mais, vous le savez, alors que monsieur Druon était en prison, l'Assassin des veuves est repassé à l'acte.

– Ce pourrait être un transfuge, avance Émilie.

– Nous y avons pensé, mademoiselle, répond en souriant l'inspecteur Rodlin. Néanmoins, le mode opératoire est si semblable qu'il nous est difficile d'en convenir.

Émilie ne perd pas un mot de ce que raconte le policier.

– Nous avons donc interrogé monsieur Druon de nouveau. Lorsqu'il lui a paru évident que nous ne le relâcherions pas avant qu'il nous explique l'étrange présence de son bouton de manchette chez vous, il est passé aux aveux.

Madame Décochet et sa fille avancent machinalement la tête pour mieux entendre.

– Monsieur Druon s'est bien introduit chez vous le soir où vous l'avez entendu, déclare l'inspecteur.

Émilie frissonne. Sa mère lui saisit la main.

– Il venait vous dérober le papier attestant que le lopin de terre qu'il revendique depuis des années était bien à vous. Il espérait ainsi faire disparaître cette preuve embarrassante afin de harceler ses nouveaux voisins comme il l'a fait avec vous.

– Il vous a dit tout cela ? s'étonne Émilie.

– En réalité, il ne s'est pas montré aussi précis. Monsieur Druon a simplement reconnu avoir pénétré chez vous pour vous dérober ce papier. Le reste était facile à imaginer.

– Oui, dit Émilie, mordante. Il est aisé d'imaginer aussi qu'il va revenir nous intimider jusqu'à ce qu'il obtienne ce fameux document.

L'inspecteur Rodlin s'attendait à une telle réaction.

– Pourriez-vous aller me chercher ce papier ? demande-t-il à la jeune fille. Je vous propose de le mettre en lieu sûr.

Émilie se lève pour aller dans le bureau. C'est là que sa mère conserve tous les documents importants concernant la famille.

À peine Émilie a-t-elle quitté la pièce que l'inspecteur se tourne vers madame Décochet.

– Je préfère que votre fille n'entende pas ce que je vais vous dire, commence-t-il. C'est un peu délicat.

– Que voulez-vous signifier par là ? s'inquiète madame Décochet. Ma fille aurait-elle fait quelque chose de mal ?

– Oh, non ! la rassure immédiatement l'inspecteur. Seulement, je la crois encore un peu jeune. Elle n'a pas besoin de tout savoir...

– Faites vite alors, Inspecteur, le prie madame Décochet.

– Je puis vous assurer que monsieur Druon ne vous importunera plus, déclare le policier.

– Cela me semble être une excellente nouvelle, que ma fille aurait été heureuse d'entendre. Mais comment pouvez-vous en être si sûr ?

– C'est là que surviennent certains éléments plus complexes, répond le gardien de la paix. L'ordre des avocats a pris ombrage de cette affaire et nous a demandé d'agir dans la plus grande discrétion. Nous étoufferons donc l'affaire en reconnaissant simplement nous être trompés de suspect et sans donner plus de précision, quant à monsieur Druon.

– Les gens ne sont pas dupes ! s'indigne madame Décochet.

– En échange, poursuit l'inspecteur comme s'il ne l'avait pas entendue, l'ordre des avocats se charge de ramener monsieur Druon sur le droit chemin. Il le menace de lui interdire de plaider de nouveau s'il osait s'en reprendre à vous.

– Cet homme est si détestable qu'il nous importunera d'une façon ou d'une autre, j'en suis sûre, marmonne madame Décochet.

– Madame, une seule plainte de vous et monsieur Druon sera rayé du barreau et son affaire révélée au grand jour, lui promet l'inspecteur. Je doute que notre homme ne supporte un tel déshonneur, ajoute-t-il. Pour l'avoir interrogé longuement, j'ai senti que sa charge d'avocat lui donnait un prestige dont il ne pourrait se passer si facilement.

La jeune veuve hausse les épaules sans conviction.

– Quel recours avons-nous autrement ? demande-t-elle, dépitée.

– Aucun, je le crains, admet le policier. Si vous décidez d'alerter la presse pour lui dire la vérité, vous risquez de vous mettre toute la profession à dos.

– Merci, Inspecteur, tranche madame Décochet. Vous êtes très aimable d'être venu nous informer de la sorte. Votre enquête sur l'Assassin des veuves avance-t-elle ? s'enquiert-elle avec politesse pour changer de sujet.

– Hélas, non ! Cette fois-ci encore, il n'a laissé aucune trace derrière lui.

# XLV

## « RETOUR À LA CASE DÉPART

IL SEMBLERAIT QUE L'ASSASSIN DES VEUVES NARGUE LA POLICE AVEC PLAISIR. TANDIS QUE MAÎTRE DRUON SÉJOURNAIT EN PRISON COMME PRINCIPAL SUSPECT, LE MYSTÉRIEUX MEURTRIER PASSAIT DE NOUVEAU À L'ACTE, SANS LAISSER LA MOINDRE TRACE DERRIÈRE LUI, COMME À SON HABITUDE.

LA VICTIME EST LA FEMME D'UN RICHE INDUSTRIEL CETTE FOIS-CI, MADAME V. LE MEURTRIER S'EST INTRODUIT CHEZ ELLE DEUX JOURS APRÈS QU'ELLE A ENTERRÉ SON MARI ET L'A POIGNARDÉE DANS SON SOMMEIL. LA DOMESTIQUE DE LA VICTIME NE S'EST APERÇU DU CRIME QUE LE LENDEMAIN EN MONTANT À SA MAÎTRESSE SON PETIT-DÉJEUNER. LA FEMME, ENCORE SOUS LE CHOC, AFFIRME QUE LE CRIMINEL EST REPARTI AVEC DES BOUCLES D'OREILLES EN BRILLANTS, UN COLLIER DE DIAMANTS ASSORTI ET UNE GROSSE GUÊPE EN ÉMAIL QUE SA PATRONNE PORTAIT EN GUISE DE BROCHE.

CONCERNANT MONSIEUR DRUON, L'INSPECTEUR RODLIN A RECONNU SON ERREUR ET S'EST EXCUSÉ

**AUPRÈS DE L'INTÉRESSÉ, QUI S'EST MONTRÉ D'UNE EXTRAORDINAIRE MANSUÉTUDE À SON ÉGARD. MAÎTRE DRUON CONNAISSAIT MADAME D. LA POLICE CONVIENT QU'IL AURAIT PU PERDRE UN BOUTON DE MANCHETTE CHEZ ELLE ALORS QU'IL VENAIT LA VISITER. QUANT À L'ABSENCE D'ALIBI DE L'AVOCAT SOUPÇONNÉ, L'INSPECTEUR A DÛ ADMETTRE QU'IL LUI ARRIVAIT RÉGULIÈREMENT DE SE RETROUVER EN FACE DE PERSONNES SANS ALIBI QUI N'EN ÉTAIENT PAS POUR AUTANT TOUTES DES MEURTRIERS !**

**CETTE AFFAIRE EST UN COUP DUR POUR LA POLICE. L'INSPECTEUR RODLIN DEVRA RENFORCER LA MOBILISATION DE SES TROUPES S'IL VEUT L'ÉLUCIDER AVANT QU'UNE SIXIÈME VICTIME NE TOMBE ENTRE LES MAINS DU TERRIBLE ASSASSIN. »**

La femme repose le journal sur ses genoux. Ses mains tremblent. Son visage est baigné de larmes. Assise dans la chambre vide de son fils, elle regarde avec effroi le tiroir ouvert du petit meuble de nuit.

Ce matin, alors que son fils était parti travailler à la banque, elle était montée dans sa chambre pour y chercher une cravate de soie qu'elle prévoyait d'envoyer nettoyer. Lorsqu'elle était entrée dans la chambre, le tiroir du meuble de nuit était entrouvert. La femme avait voulu le refermer correctement, mais quelque chose le bloquait de l'intérieur. Quand elle l'avait ouvert, son cœur s'était arrêté de battre.

Maintenant qu'elle a relu l'article du *Lyon-Républicain*, cela ne fait plus de doute. Son cœur de mère est déchiré, mais elle doit aller trouver la police.

# XLVI

– Qu'en pensez-vous ?

Émilie n'a pas entendu la question de son amie. Assise devant Constance et Ernestine, son panier sur les genoux, elle regarde au-dehors. Si seulement Théophile était là, elle aurait moins peur.

– Qu'en pensez-vous ? répète Constance un peu plus fort.

– Pardon ?

– Que pensez-vous de tout cela ? reprend Constance une nouvelle fois.

– Oh, il reviendra, je ne me fais pas d'illusions, répond Émilie, résignée.

Constance regarde son amie avec étonnement.

– Mais de qui parlez-vous ? l'interroge-t-elle.

– De monsieur Druon, bien sûr !

– Je vous parlais de l'idée que maman et moi avions eue pour fêter Noël avec tous les enfants que nous allons visiter.

– Pardonnez-moi, s'excuse Émilie. J'étais ailleurs. L'inspecteur est venu chez nous ce matin et je ne peux m'empêcher de repenser à ce qu'il nous a dit.

– Rien de grave ? s'inquiète Constance.

– D'après lui, non, la rassure Émilie. Si l'on exclut le fait qu'ils n'aient toujours pas découvert qui était l'Assassin des veuves.

– Et votre ancien voisin ? questionne Constance.

– C'est bien là ce qui me préoccupe, avoue son amie. L'inspecteur Rodlin a beau me dire qu'il ne nous nuira plus, j'ai peine à le croire. Depuis que je suis toute petite, monsieur Druon nous empoisonne la vie, je ne vois pas pourquoi il ne continuerait pas maintenant que je suis devenue grande, ajoute-t-elle avec un courageux petit sourire.

Émilie arrange machinalement le torchon qui recouvre les vivres de son panier.

– Mais vous me disiez ? demande-t-elle pour chasser les idées noires de sa tête.

– Maman et moi avons imaginé monter une crèche vivante avec tous les enfants des familles que nous visitons, lui explique Constance enchantée.

– Une crèche vivante ? En quoi cela consiste-t-il ? demande Émilie, qui n'en a jamais vu.

– Chaque enfant tient le rôle d'un personnage de la crèche le soir de Noël, précise Constance, lors de la messe.

– C'est très beau ! ne peut s'empêcher de s'écrier Ernestine.

– Et très symbolique, ajoute Constance. Le Christ Jésus est venu parmi les plus pauvres, rappelle-t-elle. Ce sont eux aussi à qui la

Bonne Nouvelle a été annoncée dès le début. Ils ont été les tout premiers à venir adorer l'enfant Jésus.

La voiture approche des quartiers pauvres.

– En faisant jouer les enfants pauvres, nous rappellerons à tous que Jésus est venu pour les plus petits, déclare Constance. Les enfants découvriront aussi qu'ils ont du prix à ses yeux. C'est important, car notre monde s'occupe si peu d'eux.

Émilie regarde son amie en souriant.

– C'est une très belle idée, dit finalement Émilie avec sincérité. Je serais heureuse de vous aider même si je n'y connais trop rien.

Constance applaudit.

– C'est fantastique ! Vous nous aiderez à la mise en scène ! Nous aurons également besoin de vous pour la confection des costumes. Maman m'a chargée de l'annoncer aux familles que nous allons visiter aujourd'hui, dit-elle alors que la voiture s'arrête. Nous n'avons plus beaucoup de temps avant Noël. Il nous faudra faire vite.

– Je suis toute à votre service, lance Émilie, gagnée elle aussi par l'enthousiasme. Maman a accepté de mettre à la porte le vieux précepteur qui remplaçait monsieur Durosier. Hier, il a refusé que j'accompagne maman au Grand Bazar alors qu'elle n'y était jamais allée !

– Maman y est, justement ! remarque Constance. Elle achète du tissu pour les costumes. Elle a également prévu de passer voir le curé de notre paroisse pour lui demander l'autorisation de jouer la nuit de Noël. C'est pour cela qu'elle n'a pu venir aujourd'hui.

Constance et Émilie se lèvent d'un même entrain pour descendre de la voiture. Chacune porte son panier de victuailles pour aller visiter les quartiers pauvres de Lyon. Émilie a totalement oublié monsieur Druon. Elle repense à Théophile : « Pensez-vous qu'il ne faille vivre de charité que le vendredi ? » lui avait-il demandé.

« Certes pas ! » lui répond intérieurement Émilie. Pourvu que vous soyez à mes côtés…

# XLVII

Devant la porte du commissariat de police, une femme hésite. Elle ne peut se résoudre à entrer. Le policier de garde, dans la petite guérite à l'avant du bâtiment, est intrigué par cette femme aux yeux rougis de larmes. Sa tenue est élégante et son maintien très noble. Elle presse avec angoisse la petite bourse de tissu soyeux accrochée à son bras.

– Puis-je vous aider, madame ? demande le garde, qui s'est finalement approché.

La femme le regarde avec de grands yeux effrayés.

– Vous semblez souffrante, insiste poliment le policer. Puis-je vous inviter à vous asseoir ?

La femme ferme les yeux en signe d'assentiment et le suit. Lorsqu'elle pénètre enfin dans le grand commissariat, elle sent ses jambes se dérober sous elle. En un éclair, elle se rattrape au bras du policier, qui la soutient jusqu'à une large banquette rangée le long d'un mur.

– Je vais chercher quelqu'un, dit le policier en voulant s'éloigner.

– Non ! murmure la femme en le retenant par le bras.

Elle fouille alors fébrilement dans son minuscule sac à main et en sort un objet qui semble lui brûler les doigts. Elle le tend au policier avec empressement en étouffant un sanglot désespéré.

– Seigneur ! murmure le policier, qui vient de reconnaître la grosse guêpe en émail.

# XLVIII

C'est la toute première fois que les enfants du quartier vont monter un spectacle et leur joie est communicative. Partout où elles passent, Constance et Émilie reçoivent un accueil enthousiaste. Les enfants les devancent même, allant de maison en maison pour annoncer la bonne nouvelle. Bientôt, les deux amies ne savent plus où donner de la tête. Ernestine, qui les accompagne, n'est pas de trop pour canaliser la ribambelle de bambins qui les suit à la trace.

– Je serai Marie ! réclame une petite fille dont le visage est encadré par deux longues tresses brunes.

– Et moi, Joseph ! lance son frère âgé d'à peine quatre ans.

– Non, ce sera moi ! déclare l'aîné de la bande sur un ton autoritaire.

– Ce n'est pas juste, rouspète un petit garçon au sourire édenté. C'est toujours lui qui commande.

– Je suis le plus grand, c'est donc moi qui décide.

– Ah ça, mon garçon, tu te trompes, réplique Ernestine en roulant de gros yeux. Celle qui décide, c'est madame Cerisaie.

– Mais elle n'est pas là, remarque une fillette blonde.

– Elle viendra vous voir bientôt, lui dit Constance. Elle est allée acheter des tissus pour fabriquer de beaux costumes.

Les yeux de la fillette brillent d'excitation.

– Des costumes en or ? demande-t-elle avec espoir.

– Sans doute, sans doute, répond Ernestine avec son bon sens d'ancienne nourrice. En tout cas, ce seront de très beaux costumes.

Les enfants applaudissent.

– Mais il faudra tous bien vous laver avant de les passer, ajoute Ernestine.

Les garçons font la moue en se grattant la tête. Les filles lissent machinalement leurs cheveux.

– En attendant de monter le spectacle, dit Constance, je vais vous lire l'histoire de Noël.

– Pff ! Je la connais par cœur, lance l'aîné en haussant les épaules.

– J'en conviens, lui répond Constance. Mais tout le monde ici ne la connaît peut-être pas.

– Une histoire ! Une histoire ! répète un petit garçon en sautillant sur ses pieds.

Ernestine fait asseoir tout le monde autour de Constance, qui s'appuie sur une table pour lire. La pièce dans la maison où ils se trouvent est minuscule et il lui semble voir une marée de petites têtes réjouies à ses pieds. Constance lance un sourire ravi à son amie. Sa confiance en elle est si grande qu'Émilie s'en veut de lui cacher ses sentiments pour son frère Théophile. N'est-ce pas la tromper que ne rien lui dire ?

Lorsque le calme est à peu près établi, Constance sort sa Bible du panier dans lequel elle apportait aussi quelques victuailles pour les familles visitées. L'ouvrage est en cuir relié vert foncé. Ses pages sont dorées à l'or fin.

– De l'or ! s'émerveille la fillette blonde qui rêvait de beaux costumes.

Constance ouvre sa Bible, s'éclaircit la voix et commence la lecture :

– « En ces jours-là, parut un édit de l'empereur Auguste, ordonnant de recenser toute la terre – ce premier recensement eut lieu lorsque Quirinius était gouverneur de Syrie. Et chacun allait se faire inscrire dans sa ville d'origine. Joseph, lui aussi, quitta la ville de Nazareth en Galilée, pour monter en Judée, à la ville de David appelée Bethléem, car il était de la maison et de la descendance de David. Il venait se faire inscrire avec Marie, son épouse, qui était enceinte. »

Désormais, le silence est total. Tous les enfants écoutent avec attention la douce voix de Constance, qui leur raconte la nuit de Noël. Même le plus grand d'entre eux est tout ouïe.

Debout, appuyée à un mur, Émilie non plus ne perd pas une miette de ce que dit Constance. Bien sûr, elle connaît l'histoire de Noël. Qui ne la connaît pas ? Elle fait partie de la culture du pays, et même son père avait accepté de la lui raconter brièvement afin qu'elle puisse comprendre la raison de la liesse qui animait toujours la population à la fin de chaque mois de décembre. En revanche, Émilie n'a jamais entendu les mots exacts que lit son amie. C'est la première fois qu'elle découvre le texte de la Bible ainsi qu'on le dit à la messe de minuit.

– « Or, pendant qu'ils étaient là, arrivèrent les jours où elle devait enfanter, poursuit Constance en prenant son temps. Et elle mit au monde son fils premier-né ; elle l'emmaillota et le coucha dans une mangeoire, car il n'y avait pas de place pour eux dans la salle commune. »

Les mots sont simples et même les plus petits les comprennent sans peine. Émilie les voit qui sourient à l'annonce de la naissance de Jésus.

Dans la voiture, au retour, Émilie et Constance sont très excitées. Constance a hâte de raconter à sa mère l'accueil des enfants et leur joie.

– Je comprends qu'Élisabeth d'Espérance ait voulu consacrer sa vie aux enfants, remarque Émilie sur le chemin du retour. Ils sont si mignons !

– Avez-vous vu comme ils étaient heureux ? dit Constance.

– Votre histoire les a captivés, renchérit Émilie. Ils n'ont plus bougé jusqu'à ce que vous refermiez votre Bible.

– Ce spectacle sera une réussite, j'en suis sûre, lance Constance.

# XLIX

L'article s'étend sur une pleine page du *Lyon-Républicain*.

**« LA FIN DE L'ANGOISSE…**

**HIER, LA CAVALE DE L'ASSASSIN DES VEUVES S'EST TERMINÉE. L'HOMME EST DÉSORMAIS SOUS LES VERROUS ET IL N'Y A AUCUN DOUTE SUR SON IDENTITÉ. ON A RETROUVÉ DANS LA CHAMBRE QU'IL OCCUPE CHEZ SES PARENTS PLUSIEURS DES BIJOUX DÉROBÉS À SES VICTIMES SUCCESSIVES.**

**IL A SUFFI D'UN TÉMOIGNAGE POUR IDENTIFIER LE MEURTRIER ET L'INTERPELLER ALORS QU'IL QUITTAIT SON POSTE DE BANQUIER AU CRÉDIT LYONNAIS. SA PROPRE MÈRE EN EFFET EST VENUE LE DÉNONCER À LA POLICE, APRÈS AVOIR TROUVÉ DANS LES AFFAIRES DE SON FILS LA GROSSE GUÊPE EN ÉMAIL DÉROBÉE CHEZ MADAME V., ASSASSINÉE LA VEILLE.**

**LORSQU'ELLE EST ARRIVÉE AU COMMISSARIAT DE POLICE, LA PAUVRE FEMME ÉTAIT PROFONDÉMENT CHOQUÉE PAR LA TERRIBLE DÉCOUVERTE QU'ELLE VENAIT DE FAIRE. ELLE A MIS UN TRÈS LONG MOMENT AVANT**

DE POUVOIR RETROUVER L'USAGE DE LA PAROLE ET EXPLIQUER À LA POLICE QUI ELLE ÉTAIT ET OÙ ELLE AVAIT TROUVÉ CET OBJET. C'EST LE POLICIER DE GARDE QUI L'A SOUTENUE ET A RECUEILLI SA PREMIÈRE DÉPOSITION. IL A SU SE MONTRER AIMABLE ET PATIENT POUR NE PAS L'EFFRAYER ET OBTENIR AINSI TOUS LES RENSEIGNEMENTS NÉCESSAIRES À L'ARRESTATION DE L'ASSASSIN.

**"Je lui ai tout donné !"**

L'IDENTITÉ DU MEURTRIER ET SON PROFIL ONT DE QUOI SURPRENDRE. ISSU D'UN MILIEU BOURGEOIS AISÉ, EMPLOYÉ AU CRÉDIT LYONNAIS DEPUIS DEUX ANS, LE JEUNE HOMME ÂGÉ DE 25 ANS N'AVAIT RIEN D'UN CRIMINEL À PREMIÈRE VUE. SA MÈRE DIT NE PAS COMPRENDRE CE QUI A PU POUSSER SON FILS À AGIR DE LA SORTE. "IL N'A JAMAIS MANQUÉ DE RIEN, A-T-ELLE DIT AU POLICIER. S'IL NOUS DEMANDAIT QUELQUE CHOSE, À SON PÈRE OU À MOI, IL L'OBTENAIT. À MOINS QU'IL NE S'AGISSE DE QUELQUE CHOSE DE RÉPRÉHENSIBLE OU DE NÉFASTE POUR SA SANTÉ. IL SAVAIT ÉGALEMENT QUE NOUS LUI LÉGUERIONS TOUTE NOTRE FORTUNE À NOTRE MORT."

CELLE QUE NOUS PRÉSENTONS COMME LA MÈRE DU MEURTRIER NE L'EST POURTANT PAS VRAIMENT. ELLE EST SA TANTE EN RÉALITÉ, MAIS ELLE A RECUEILLI SON NEVEU ALORS QU'IL N'ÉTAIT ENCORE QU'UN BÉBÉ, JUSTE APRÈS LA MORT DE SES PARENTS. À LA QUESTION DES JOURNALISTES LUI DEMANDANT SI CETTE SITUATION POUVAIT ÊTRE LA CAUSE DE LA FOLIE MEURTRIÈRE DE SON FILS, LA FEMME S'EST PROFONDÉMENT INDIGNÉE. "JE L'AI AIMÉ COMME MON PROPRE FILS, A-T-ELLE IMMÉDIATEMENT RÉPONDU. JE LUI AI

TOUT DONNÉ, COMME JE L'AURAIS FAIT POUR MON PROPRE ENFANT." QUANT À SAVOIR SI LA CAUSE DE LA MORT DE SES PARENTS AURAIT PU L'INFLUENCER, C'EST PEU PROBABLE. TOUS DEUX SONT MORTS À QUELQUES JOURS D'INTERVALLE, APRÈS AVOIR CONTRACTÉ LE CHOLÉRA LORS D'UN VOYAGE EN INDE. ILS ÉTAIENT ANTIQUAIRES ET VOYAGEAIENT À TRAVERS LE MONDE À LA RECHERCHE D'OBJETS D'ART.

**Un cas qui relève de la psychiatrie ?**

UN MÉDECIN DE LA POLICE QUI A PU RENCONTRER LE PRISONNIER JUSTE APRÈS SON ARRESTATION N'EXCLUT PAS UN CAS DE DÉMENCE PRÉCOCE. IL SEMBLERAIT EN EFFET QUE LE JEUNE HOMME N'AIT AUCUN SOUVENIR DES ACTES IMMONDES DONT IL A ÉTÉ L'AUTEUR. UN ÉLÉMENT TROUBLANT SEMBLERAIT ABONDER DANS LE MÊME SENS QUE LE MÉDECIN. EN EFFET, L'ASSASSIN NE CHERCHAIT PAS LE MOINS DU MONDE À DISSIMULER LES OBJETS DÉROBÉS APRÈS LES AVOIR RAPPORTÉS CHEZ LUI. LA POLICE N'A EU AUCUN MAL À LES RETROUVER, DANS LES DIFFÉRENTS MEUBLES DE SA CHAMBRE. SANS DOUTE UN MEURTRIER INTENTIONNEL AURAIT-IL PRIS PLUS DE PRÉCAUTIONS.

LA POLICE EST SOULAGÉE DE VOIR CETTE AFFAIRE ENFIN RÉSOLUE, ET DE FAÇON CERTAINE CETTE FOIS-CI. L'INSPECTEUR RODLIN DIT PARTAGER LA PEINE DES FAMILLES DES VICTIMES ET ESPÈRE QUE L'ARRESTATION DU CRIMINEL POURRA LES AIDER À FAIRE LE DEUIL DE LEURS PROCHES.

POUR LE MOMENT, LE SORT DU PRISONNIER EST LOIN D'ÊTRE FIXÉ ET SON TRANSFERT À LA PRISON SAINT-PAUL NE SE FERA PAS DANS L'IMMÉDIAT, L'INSPECTEUR RODLIN SOUHAITANT PROLONGER LES INTERROGATOIRES ET DEMANDER UNE

**ANALYSE PSYCHIATRIQUE APPROFONDIE DU SUJET. SON INCARCÉRATION FERA NÉANMOINS L'OBJET D'UNE SURVEILLANCE REDOUBLÉE, ÉTANT DONNÉ L'HABILITÉ SUPPOSÉE DU PRISONNIER À S'INTRODUIRE ET À SORTIR DE PARTOUT SANS DIFFICULTÉ. »**

La photo du criminel est accolée à l'article. Elle montre un jeune homme très blond, avec des yeux clairs. Un mince collier de barbe entoure son visage avenant. Le jeune homme sourit avec franchise à l'objectif tandis que son regard se perd au loin, comme attiré par un quelconque objet qui aurait été placé derrière le photographe.

Sous la photo, la légende pose la question qui vient immédiatement à l'esprit de celui qui l'a regardée après avoir lu l'article : « Jacques Serusier, ange ou démon ? »

# L

– Pauvre femme, dit madame Cerisaie en reposant le journal. Quel supplice ce doit avoir été de découvrir que son fils était un meurtrier.

– D'autant que ce n'était pas son fils, remarque Constance, qui coud à ses côtés.

– Quelle différence ? réplique sa mère. Cette femme dit bien que cet enfant était comme le sien. Elle a tout fait pour qu'il soit heureux. Elle lui a tout donné...

Émilie, qui participe elle aussi à la confection des costumes pour la crèche vivante, redresse aussitôt la tête.

– Voilà qui explique tout ! s'écrie-t-elle.

Madame Cerisaie et Constance la regardent d'un air étonné.

– De quoi parlez-vous ? lui demande son hôtesse.

– Pardon madame, mais ce que vous venez de dire m'a fait penser à Élisabeth d'Espérance.

Madame Cerisaie sourit.

– Parviendrez-vous jamais à oublier ces sœurs Espérance ? demande-t-elle à Émilie d'une voix douce.

La jeune fille rougit, un peu embarrassée.

– Rassurez-vous, lui dit aussitôt madame Cerisaie, personne ne vous demande de les oublier. Et ce n'est pas moi qui vous blâmerai de vous être attachée à elles.

– Pourquoi ce que nous a dit maman vous a fait penser à Élisabeth ? questionne Constance, dont la curiosité s'est aussitôt éveillée.

– Cette femme, madame Serusier je suppose, a dit avoir recueilli son neveu tout jeune et l'avoir ensuite traité comme son propre fils.

– Oui, acquiesce Constance. Et alors ?

– Si Élisabeth a recueilli Agathe Barbier dans son orphelinat, continue Émilie, il se peut qu'elle se soit profondément attachée à elle.

Constance commence à comprendre où son amie veut en venir.

– Il est tout à fait possible qu'elle l'ait considérée comme sa propre fille, n'ayant pas d'enfants elle-même, poursuit Émilie. Avant sa mort, elle lui aurait alors transmis ce qui lui était le plus cher : les lettres et le portrait en miniature de sa sœur défunte, Charlotte d'Espérance, et peut-être d'autres menus objets qu'elle affectionnait particulièrement.

Madame Cerisaie pose son ouvrage sur ses genoux et applaudit de bon cœur.

– Voici donc la pièce du puzzle qui vous manquait !

# LI

*Lyon, la nuit de Noël 1886*

Il est minuit. Les cloches de la cathédrale sonnent à toute volée sur la ville de Lyon. Elles invitent les chrétiens à venir célébrer la naissance de Jésus.

Madame Décochet presse le pas. Elle a promis à sa fille Émilie de venir à la messe elle aussi. Elle vient découvrir le spectacle de crèche vivante qui mobilise toute l'énergie de sa fille depuis deux semaines environ. Cela fait une éternité que madame Décochet n'a plus mis les pieds dans une église. La dernière fois, elle devait avoir l'âge d'Émilie. Elle n'était alors pas une grande assidue de la messe, mais elle aimait s'y rendre en famille parfois. Ensuite, elle avait rencontré son mari, qui lui avait démontré que Dieu ne leur serait d'aucune utilité dans leur future vie de couple. Madame Décochet aimait son mari. Elle l'avait cru.

En pénétrant dans la cathédrale illuminée par des lustres de cierges, madame Décochet éprouve une singulière sensation. Elle a l'impression de revenir à la maison, comme après une longue absence, une trop longue absence.

Émilie, elle, est déjà arrivée depuis longtemps. Avec madame Cerisaie et Constance, elles sont parties tôt pour préparer les enfants de la crèche vivante. Maintenant, ils attendent avec fébrilité dans la grande sacristie qu'on leur dise d'entrer dans l'église.

Tous les enfants ont les joues roses de s'être énergiquement frottés au savon pour être dignes d'interpréter la naissance de Jésus.

La fillette blonde qui rêvait d'un costume en or est comblée. Elle joue un ange et sa longue robe blanche est toute bordée d'un ruban doré.

Finalement, l'aîné des enfants ne tient pas le rôle de saint Joseph. Il a été nommé chef des bergers. C'est un autre enfant, un peu plus petit, qui joue Joseph aux côtés de la petite fille aux longues tresses brune, habillée comme Marie.

Les répétitions ont été nombreuses, parfois même un peu fastidieuses, mais le résultat est à la hauteur des espérances de madame Cerisaie et des deux jeunes filles.

Tout à coup, les grandes orgues de la cathédrale emplissent l'édifice de leur son puissant et joyeux. Les prêtres et tous les enfants de chœur sortent de la sacristie, suivis par les enfants, soudain très intimidés.

Tandis que les officiants arrivent devant l'autel, l'assemblée entonne le chant d'entrée d'une seule voix.

– Venez, divin Messie, nous rendre espoir et nous sauver...

Émilie se glisse à la suite de Constance dans les tout premiers rangs, juste derrière les enfants. Toute la famille Cerisaie est là. Monsieur, bien entendu, mais également Honorine et son mari, Alphonse, Timothée et Théophile. Le jeune homme sourit à Émilie en la voyant arriver. Il est heureux de la revoir. Elle lui renvoie son sourire. Constance, debout à côté de son frère, n'a rien perdu de cet échange silencieux. Sans un mot, elle se décale d'une chaise et invite son amie à prendre sa place. Théophile tend à Émilie le missel qu'il tient à la main et lui indique du bout du doigt l'endroit où il lui faudra lire pour suivre la célébration. La jeune fille assiste aujourd'hui à sa toute première messe.

La tête penchée, Émilie se plonge dans la lecture du missel mais, bientôt, sa vue se brouille. Une grosse larme glisse le long de sa joue et s'écrase sur la page de son livre. Émilie se sent submergée par une vague d'émotion qu'elle ne peut contenir. Le chant des fidèles la fait frissonner et elle ressent toute la fervente communion qui lie les uns aux autres. La présence de Théophile, si proche d'elle, la trouble. Elle sent sa main qui frôle la sienne et s'attarde tendrement. Les enfants debout devant elle lui chavirent le cœur avec leurs petits visages angéliques et leurs voix si pures qui s'unissent à celle de l'assemblée. Émilie essuie furtivement ses yeux du bout des doigts et cherche sa mère du regard. Madame Décochet n'est pas loin. Entraînée par la foule, elle est remontée haut dans la nef pour s'asseoir, elle aussi, dans les premiers rangs. Quand Émilie la trouve enfin, sa mère lui lance un sourire heureux qui la rassérène tout à fait.

Le chant d'entrée est terminé. Toute l'assemblée s'agenouille autour d'Émilie, qui calque chacun de ses gestes sur ceux de Constance et de son frère. À côté de Théophile, madame Cerisaie plonge la main dans son minuscule sac à main de dentelle beige. Elle attrape son chapelet, celui de sa mère, l'enroule autour de sa main et s'abîme dans la prière.

Émile la regarde à la dérobée. Elle admire le beau profil qui se dessine sous la voilette, le port de tête élégant, la tenue raffinée, les mains si soignées. Soudain, la jeune fille sent son cœur bondir dans sa poitrine. Ses joues s'empourprent instantanément.

Théophile, qui ne parvient pas à détacher son regard de la jeune fille, remarque immédiatement l'animation qui s'est si brusquement emparée d'elle.

– Vous allez bien ? lui murmure-t-il en se penchant à son oreille.

– Oui, bredouille Émilie. Oui, tout va bien, merci.

Elle tourne alors de nouveau les yeux vers les mains de madame Cerisaie et les fixe avec intensité. Madame Cerisaie ne s'est rendue compte de rien. Elle continue de prier en égrainant son chapelet. Un chapelet dont les grains ressemblent à de petites roses noires et dont la croix est légèrement déformée.

Les mots de Charlotte d'Espérance jaillissent dans l'esprit d'Émilie avec force : « Il a le même chapelet que le mien avec des grains figurant de minuscules roses noires. Seule la croix est différente. Celle de mon chapelet est légèrement déformée. Revoir un tel objet dans les mains de ce prêtre m'a rappelé que le mien était enterré quelque part où personne ne pourra le retrouver avant mon retour. »

« Ainsi, Charlotte est revenue déterrer son chapelet, pense Émilie avec émotion. Elle l'aura ensuite confié à sa sœur. Les sœurs Espérance se sont donc revues. Charlotte n'est pas morte durant la Révolution ! »

La joie d'Émilie est immense.

– *Gloria in excelsis deo !* entonne l'assemblée.

La jeune fille joint alors sa voix à celle des fidèles, timidement d'abord, puis avec fermeté. Oui ! Gloire à Dieu ! Gloire à Dieu pour l'amour de Théophile ! Gloire à Dieu pour Charlotte qui est ressortie indemne de cette triste période où elle avait risqué sa vie au nom du Christ ! Elle croyait dans l'Espérance et elle avait raison...

# LII

*L'Espérance, le 26 décembre 1886*

*Mesdemoiselles,*

*Mère Marguerite-Marie, notre Supérieure, m'a chargée de vous écrire afin de vous donner quelques détails supplémentaires quant aux recherches que vous effectuez sur les anciens propriétaires de notre établissement. Pressée par le temps, elle n'avait pas pu vous donner autant de précisions qu'elle l'aurait souhaité. Après quelques recherches dans les archives de notre établissement, voici ce que je suis en mesure de vous communiquer aujourd'hui :*
*L'orphelinat de l'Espérance a été fondé en 1802 par mademoiselle Charlotte d'Espérance, fille de Charles et Louise d'Espérance, décédés tous deux en 1790.*
*L'ouverture de l'orphelinat est le fruit d'une promesse et d'une rencontre. Promesse que la jeune Charlotte d'Espérance aurait faite à*

sa sœur Élisabeth d'ouvrir un tel établissement à la fin de la Révolution. Rencontre également avec une jeune orpheline originaire de Rochefort qui fut la première pensionnaire de la maison et que mademoiselle d'Espérance considéra immédiatement comme sa propre fille. Elle s'appelait Agathe Barbier.

Un an après l'ouverture de l'établissement, mademoiselle d'Espérance se maria avec un jeune homme, médecin de son état, et répondant au nom de Thomas du Tertre. De cette union fort heureuse, il ne naquit malheureusement aucun enfant.

Madame Charlotte du Tertre est décédée en 1832, un an à peine avant son mari. Agathe Barbier, fille de cœur du couple, refusa de garder le château à la mort de ses parents adoptifs. Elle préféra qu'il reste consacré à l'œuvre que madame du Tertre avait si patiemment construite. C'est ainsi que l'orphelinat fut confié à notre congrégation. De madame du Tertre, Agathe Barbier ne garda que le précieux souvenir et quelques effets personnels.

Mesdemoiselles, j'espère que ces quelques éléments complémentaires éclaireront vos recherches. Je reste à votre disposition si vous souhaitez en savoir plus.

Que le Seigneur vous garde,

Sœur Marie-Agnès

PS : D'Élisabeth d'Espérance, la jeune sœur de madame du Tertre, nous n'avons aucune trace. Une simple phrase fait mention de son destin dans le journal du pensionnat, où madame du Tertre retranscrivait avec précision le moindre événement : « J'ai reçu ce *matin un paquet de nos cousins Andrieux restés en Angleterre. Ils me renvoient toutes les lettres que j'avais écrites à Élisabeth durant ce que l'on appelle désormais la Révolution. Élisabeth n'est jamais arrivée chez eux. Où est-elle, mon Dieu ? »*

## Découvre ici le début du tome suivant !

# I

*Lyon, fin janvier 1887*

Assise dans la voiture légère qui les ramène chez elles, Émilie regarde sa mère d'un air boudeur.

– Je n'aime pas beaucoup les surprises, savez-vous ?

Émilie joue mal l'indignation. Sa mère lui a promis une surprise et elle a toutes les peines du monde à dissimuler son excitation. Petite déjà, son père s'amusait de la voir trépigner dès qu'il lui rapportait un cadeau. Il aimait faire durer le supplice en emballant chaque objet sous plusieurs couches de papier.

– Qu'est-ce que c'est ? s'agace la jeune fille.

– Patience ! rit Madame Décochet. Nous sommes presque arrivées.

Les rues de Lyon s'éclairent les unes après les autres à mesure que les allumeurs de réverbères progressent dans la ville. La nuit tombe déjà. Les journées du mois de janvier sont courtes. Chacun rentre chez soi plus tôt pour éviter de se déplacer quand il fait trop noir.

Certaines rues sont encore mal éclairées. Elles ressemblent à de véritables coupe-gorge où il ne fait pas bon s'attarder.

– Comment as-tu trouvé la pièce de théâtre ? demande Madame Décochet pour changer de sujet.

– Très bien, répond rapidement Émilie. Mais vous ne parviendrez pas à détourner mon attention, ajoute-t-elle avec malice. De quel genre de surprise s'agit-il ?

– Tu ne peux donc pas attendre ? fait mine de s'indigner sa mère.

– Définitivement non ! Ce fiacre est si lent !

Madame Décochet cède à la pression de sa fille unique de seize ans.

– J'accepte de te donner un indice, déclare-t-elle enfin. C'est une lettre. Un paquet plutôt.

Le cœur d'Émilie bondit dans sa poitrine. Se pourrait-il que Théophile lui ait enfin écrit ? Le frère de Constance Cerisaie a regagné Paris il y a presque un mois et Émilie se sent privée d'une partie d'elle-même depuis. Chaque jour, elle guette avec espoir une lettre du jeune homme.

Peu avant Noël, Émilie avait découvert qu'elle était pour Théophile plus qu'une simple connaissance. Il lui avait avoué qu'il pensait souvent à elle et qu'il la trouvait charmante. Mais, à ce moment-là, il lui avait semblé que ses yeux d'un bleu profond disaient bien plus encore. Émilie avait alors senti son cœur s'emballer. Ses propres sentiments lui avaient sauté aux yeux : elle était amoureuse !

Madame Décochet note le sourire rêveur qui flotte sur le visage de sa fille. Elle sait ce qu'il signifie. Elle a connu le même émoi lorsque, toute jeune encore, elle avait croisé la route de Georges Décochet, un fougueux jeune homme passionné de nouveautés et de Voltaire.

« La science, il n'y a que cela de beau ! » répétait-il à tout venant. « Voltaire, il n'y a que cela de vrai ! » ajoutait-il comme un pied de nez à tous ceux qui lui parlaient de religion.

Hélas ! Il y a bientôt quatre mois, Monsieur Décochet était mort dans son sommeil, laissant une veuve et une fille inconsolables. La science n'avait pas su prévoir sa disparition prématurée et la pensée de Voltaire n'avait été d'aucun secours pour les deux femmes de sa vie. Elles s'étaient retrouvées sans lui et sans aucun espoir. Il avait fallu la découverte des lettres de Charlotte d'Espérance par Émilie et la rencontre avec la famille de Constance Cerisaie pour que Madame Décochet et sa fille découvrent que la mort n'était pas la fin de tout. Cela avait soulagé leur peine. Ensuite Théophile Cerisaie s'était empressé de ramener le sourire sur les lèvres d'Émilie et le rose sur ses joues.

Madame Décochet ne veut pas donner de faux espoirs à sa fille.

– C'est une lettre de La Rochelle, précise-t-elle.

Le sourire d'Émilie disparaît aussitôt.

– La Rochelle, dites-vous ?

– N'attendais-tu pas des nouvelles de Charlotte d'Espérance ? demande Madame Décochet.

Émilie hausse les épaules.

– Non, répond-elle.

Madame Décochet sourit d'un air amusé.

– Se peut-il que Théophile t'occupe à ce point l'esprit que tu ne penses même plus à Charlotte d'Espérance ? la taquine-t-elle.

Émilie rougit. Son amour pour le frère de Constance n'est plus un secret pour sa mère. Très vite, Madame Décochet a compris que le jeune homme occupait une place toute particulière dans son cœur.

– Tu semblais pourtant très attachée à cette jeune fille d'une autre époque, ajoute Madame Décochet.

Sa mère dit vrai. Pendant quelques semaines, Émilie n'avait vécu que pour Charlotte d'Espérance ! Lorsqu'elle avait trouvé dans une cache de sa chambre ses lettres datées de la Révolution, elle s'était aussitôt passionnée pour cette jeune fille qui avait osé braver le danger au nom de sa foi. Elle avait frémi et pleuré en lisant le récit que Charlotte faisait de ses aventures à sa sœur Élisabeth, partie en Angleterre pour émigrer. En découvrant son témoignage de foi, elle avait également retrouvé le goût et le courage de vivre malgré la disparition de son père. Inquiète de savoir ce qu'il était advenu de cette jeune fille du siècle dernier, Émilie s'était alors évertuée à mener l'enquête avec l'aide de son amie Constance. Elles y étaient parvenues puisqu'elles avaient obtenu la preuve que Charlotte d'Espérance avait survécu à la Révolution et qu'elle avait fondé un orphelinat dans le château de famille, à La Rochelle.

Émilie soupire.

– Vous avez raison, admet-elle. Ces temps-ci je pense moins

à Charlotte. Sans doute est-ce parce que je sais qu'elle a vécu heureuse après la Révolution.

– Et sa sœur ? interroge Madame Décochet.

– Élisabeth ?

– Élisabeth, oui.

– Je ne sais pas. La dernière lettre de sœur Marie-Agnès à l'orphelinat disait qu'elle n'était visiblement jamais arrivée en Angleterre.

– Et…, encourage Madame Décochet.

Émilie regarde sa mère sans comprendre.

– Et tu ne cherches pas à savoir ce qu'elle est devenue ? s'étonne Madame Décochet.

Émilie se tait.

– Ma chérie, reprend sa mère. Pourquoi ne partirais-tu pas maintenant à la recherche d'Élisabeth ? Je sais que tu penses tout le temps à ce charmant Théophile mais tu ne peux pas vivre dans l'attente de ses nouvelles sans jamais t'occuper.

– Le précepteur vient tous les jours me faire la classe ! rétorque Émilie sans conviction.

– Ce ne serait pas trahir Théophile que de penser à autre chose de temps à autre, poursuit Madame Décochet sans relever la remarque de sa fille.

Émilie ravale un sanglot.

– Il me manque tant, avoue-t-elle dans un murmure. J'aimerais savoir s'il pense à moi.

– Je sais, ma chérie. Ton père me manquait de la même façon lorsque nous avons commencé à nous voir lui et moi. Et, aujourd'hui, il me manque plus que tout. Mais tu dois t'occuper, ne pas te renfermer. Charlotte d'Espérance t'avait redonné tant de vitalité.

– Mais...

– Mais Théophile ne t'en voudra pas. C'est même sûrement ton enthousiasme et ta détermination à faire la lumière sur la vie de Charlotte qui lui ont plu chez toi.

Émilie sourit. Théophile avait toujours considéré que l'histoire de Charlotte était passionnante. Il avait même mené sa propre enquête de son côté.

– Allons donc ! dit-elle en se redressant. Vous dites vrai. Je n'en ai pas terminé avec les sœurs Espérance !

Achevé d'imprimer en février 2023 en France par
Sepec numérique Z.A. « Les Bruyères » 1 rue Prony 01960 Péronnas
N° d'édition : 23L0038-03
Dépôt légal : janvier 2021